desejo
desejo
desejo

viviane oshima

desejo desejo desejo

a três

Labrador

Coordenação editorial Pamela J. Oliveira
Assistência editorial Leticia Oliveira, Vanessa Nagayoshi
Direção de arte e capa Amanda Chagas
Projeto gráfico Vinicius Torquato
Diagramação Emily Macedo Santos
Preparação de texto Lígia Alves
Revisão Renata Siqueira Campos

Dados Internacionais de Catalogação na Publicação (CIP)
Jéssica de Oliveira Molinari - CRB-8/9852

Oshima, Viviane Sheila

Desejo, desejo, desejo : a três / Viviane Sheila Oshima.
São Paulo : Labrador, 2025.
240 p.

ISBN 978-65-5625-916-1

1. Literatura brasileira 2. Autoconhecimento 3. Desejo
4. Memórias autobiográficas I. Título

25-2725 CDD B869

Índice para catálogo sistemático:
1. Literatura brasileira

Labrador
Diretor-geral Daniel Pinsky
Rua Dr. José Elias, 520, sala 1
Alto da Lapa | 05083-030 | São Paulo | SP
contato@editoralabrador.com.br | (11) 3641-7446
editoralabrador.com.br

fonte Crimson Pro | papel Pólen Natural 80 g/m² | impressão Paym

FSC
www.fsc.org
MISTO
Papel produzido
a partir de
fontes responsáveis
FSC® C133282

A meu pai.

Viver é agradecer.

AUTOPSICOGRAFIA

O poeta é um fingidor.
Finge tão completamente
Que chega a fingir que é dor
A dor que deveras sente.

E os que leem o que escreve,
Na dor lida sentem bem,
Não as duas que ele teve,
Mas só a que eles não têm.

E assim nas calhas da roda
Gira, a entreter a razão,
Esse comboio de corda
Que se chama o coração.

(Fernando Pessoa, domínio público)

Prefácio

Escrever preenche meu buraco. Este livro faz de mim uma pessoa que se coloca no mundo e se dispõe a ser olhada. Quando escrevo, clichê, me desnudo.

Nasci Laura. Meu nome me foi dado por mim mesma. Não me pergunte como, eu sempre soube meu nome. Foi o nome que minha avó me deu, quando nasci, no interior de um estado do sul do país. Uma cidade que ninguém conhece. De lá, viemos para São Paulo.

Meu pai queria que eu fosse menino, e, se fosse, meu nome seria Eduardo.

Meu corpo é lindo, descubro agora aos 49. Eu amo tocá-lo, amo sua história, amo o que ele me conta. E eu me acompanho e sou íntima de mim mesma há algum tempo.

Só aqui, com esta idade, que eu consigo me ver. E consigo falar. E, logo, posso escrever.

Em casa, ele, ela, três filhos, comida, cama, o dinheiro que nunca havia, a festa quando ele havia, porque era ele quem trazia o dinheiro para casa com tudo que comprava: discos, livros, comida, bonecas, roupas. Quando limpava a casa eu me sentia bem. Poder. Eu não podia fazer nada a respeito do que ali acontecia. As brigas de mãe com pai. A amante que papai tinha e que ia levar ele de nós todos, e com ele o dinheiro, e com ele tudo o que eu queria dentro, que vinha de fora. As brigas com minha irmã, mais bonita e maior. Mais mulher. Meu corpo, minha pele, minha origem, questionados o tempo todo pelo outro. Por minha mãe, por minha irmã, por meu pai, pelo outro. Como ousam?

O desejo de morrer e de matar, ali, tão cedo. A violência e a brutalidade se revelando tão cedo. E eu. Quem sou eu? O que vim fazer aqui? Que casa é esta onde vim parar? Quem são essas pessoas que eu deveria amar e odeio?

Para deixar de ser auxiliar de escritório, fui fazer Letras na USP. De lá, o mundo se abriu para mim. Fui grávida, a barriga cheia, para comer mais ainda, e ficar ainda maior.

Anos e anos trabalhando em editoras, lendo os livros do outro. Para criar meu filho. Para sobreviver. O desejo de viver estampado em minha carne desde que aqui pus meus pés. Os pés, presos a obrigações com o outro. Com o filho, com o ex-marido, com o chefe, com a mãe, com os amigos, com os namorados.

As palavras são pesadas, caem como gotas de água, de fogo, de ferro, de fel, de doce. E eu não quero mexer em minha sintaxe, conheço minha morfologia. Eu as vejo cair no papel virtual, eu ouço seu ritmo, eu apenas deixo. Como parir, num canto solitário, para poder gemer, para poder contrair, para poder sangrar, para poder cagar e mijar, para chorar e gritar, para rir, para imaginar se o que vai sair de dentro de você irá vingar ou não. Se eu vou querer o bebê ou não. Se ele será divino ou horrendo. As perguntas que passam em cima enquanto embaixo seu corpo se esfola, se expande, desafia as leis da física, se arromba. A sensação do pré-vômito, e eu não gosto de vomitar.

Fazer um livro e publicar tem sido uma negociação. Me seduzo, sussurro em meu ouvido, me faço de morta, me atendo. Eu dou permissão devagar, como um animal que investiga se o mundo merece ser habitado por minhas patas, meus pelos, meus dentes. Como um bicho que se sabe vivo, e que não tem outra saída. Ainda assim olha, cheira, investiga. Para compensar o devagar com que andou considerando, dá saltos e faz barulho para assustar. E se assusta, ao revés. Sim, tem sido um prazer.

Tenho andado de shorts, porque amo ter pernas. Me sinto uma amazona quando vejo e permito que o outro veja duas pernas que me guiam, me levam, corajosas. Elas têm músculos, são esguias, têm ritmo e disposição para fugir ou para lutar. Eu as amo desde sempre.

E agora que escrevo, acordo de um sonho que me trouxe memórias de um amante julgando meu corpo, a parte mais íntima dele. Naquele momento eu não soube como reagir. E reagi. E posso reagir de novo, eu sei.

Entretanto, posso falar de meu corpo agora, enquanto disparo palavras misturadas com memórias, alimentadas pelo presente. Escrever é um presente. Ter corpo é um presente. Como alguém se atreve a dizer se ele é belo, se tem gosto, se está gordo ou magro, se serve a ele o que comigo anda, comigo dorme, e de mim ouve lamentos? Como alguém fala do que pra mim é sagrado? O outro, meu querido, não mais.

Por anos, o silêncio habitou meu corpo. E agora é meu corpo que me pede para o silêncio sair, tocar o ar, ganhar estrutura e ser som. A palavra escrita, meu amor, é som. Deixa de ser o silêncio cheio de fúria que me habita para ser matéria. Algo que é, que pode ser visto, avaliado por mim mesma, avaliado pelo outro, se eu permito que me leiam. Este é o passo que me dói. Por mim, viveríamos os dois em minha casa, eu e o silêncio. E ninguém mais ousaria falar do que aqui existe e eu cuido, protejo, aninho. Mas o que me habita se tornou grande, e aqui dentro não há mais espaço. Terá que sair, como um adulto, de casa. Eu sou mãe de mim mesma, e choro por minha saída. E desejo que eu seja bem cuidada, que a vida me seja generosa, que o mundo não me machuque. Boa sorte, meu amor. Ainda que ninguém a veja como eu vejo, ainda que ninguém saiba seu valor, eu sei. E lhe abençoo.

Eu vou escrever até o fim, é a frase que me faz sorrir.

Com erros, com a vírgula separando o sujeito do predicado.

Passei anos tirando a vírgula do caminho, trabalhando como revisora. De modo que hoje ganhei a permissão de deixá-la onde ela quer cair.

Minha escrita é minha foto, que eu tiro de mim mesma, uma selfie. E publico num ato de sair ao mundo mostrando minha cara. Meu corpo.

E ainda que eu me julgue pueril, pouco erudita, sem ritmo, perdida, repetitiva, e isso tudo tire de mim pedaços, são esses pedaços que eu quero que caiam de mim. E é neste momento que eu estou, o momento esperado, íntimo, silencioso, incompreendido, e que me traz uma luz, onde finalmente eu posso apenas ser.

Minha vó quis escrever seu nome, era seu sonho, da mulher que nunca pôde escrever, para cuidar. Para ser a mulher que mandaram que ela fosse. Que as letras hieróglifos se juntassem para resolver o mistério de quem é ela, era sua oração.

Uma casa cheia de mulheres religiosas, católicas. Uma casa de mulheres sem homens. Brigando pelos homens. Rezando para que eles cuidassem delas. E, ao revés, as mulheres de minha casa cuidam. Minha avó, minha mãe, minha tia, cuidadoras. Eu nasci cuidadora, fiz Letras indo atrás do mistério que minha vó me indicava.

Trabalhei como auxiliar de escritório, babá, professora, revisora, até me quebrar inteira de tanto trabalhar, para criar meu filho, para me criar, para quem sabe um dia criar algo que pudesse ser tocado pelo outro com a minha permissão. Me formei terapeuta depois de velha para cuidar. De quem eu cuido de verdade?

Quando eu permito que eu mesma faça o trabalho que imagino e espero e desejo que o outro fará, algo acontece. O que esperei de quem foi minha terapeuta por anos, Maria. O que esperei de seu sobrinho, também meu terapeuta, Mário. O que esperei

de mim mesma, e nunca sequer consegui tocar, por décadas. E isso eu vou chamar de liberdade.
E isso eu vou chamar disto.
E isso sou eu.
Eu sou. Eu existo no momento em que caio, em que perco força e a gravidade age sobre mim. Ela age também agora sobre as palavras, que voam em minha mente, pousam, me provocam.
Eu fecho os olhos e acordo brigando com as memórias.
E tiro uma foto do momento que se esvai, para que, fixo, ele me diga algo.
No momento em que a beleza existe, menos de um segundo.
Vertigem.
A mesma sensação de quem vai vomitar. A mesma mulher grávida.

O tesão atravessa?

Volto a escrever, depois de entender que eu precisava parar de escrever sobre meu terapeuta para falar com ele. Falar o quê? Depois de ensaiar mil cartas: Mário, como está? Quero te dizer obrigada. Te agradeço. É isso. Não consigo mais encontrar palavras.

Mando como quem envia um míssil teleguiado para destruir uma frota inimiga. Com pavor do que tinha acabado de fazer. Como se esse ato em si pudesse destruir um planeta. Coloco uma música que me traz ele, da última vez que o vi num retiro em que trabalhamos juntos, Bolero de Ravel. E vou tomar banho, saio correndo da frente do computador, um soldado que joga uma granada e foge. Quero fugir do barulho, quero fugir das consequências.

Tomo banho e escuto de mim mesma: Doeu, e já não dói mais. Choro, e quero chorar mais, mas chorar não combina com a frase que escuto em minha mente.

Doeu, e já não dói mais.

E paro de chorar. A vontade de fazer uma cena, chorar e escorregar pela parede do banheiro, como fiz tantas vezes nestes dez anos de terapia, com ela no consultório, com ele em grupos e em retiros, no Sat. E no lugar sinto quão difícil é assimilar a verdade de que o que doeu já não dói mais. Aceitar isso dói tanto quanto aceitar a dor que já não dói, só que me pede outra cena. Que eu desconheço.

E fico assim, pedindo para que ele, por ter sido meu terapeuta por tanto tempo, possa entender o que eu realmente quero dizer: eu te amo, eu sou louca por você, eu penso em você o tempo todo. Eu quero ver você ao vivo, eu quero ter a chance de ter uma relação com você fora da terapia, eu quero saber quem é você, quero ouvir discos com você, quero ler livros com você, quero transar com você, quero dar risada com você. Em todos estes anos, você esteve dentro de mim, e agora que acabou, porque terminamos nossa relação de paciente-terapeuta, eu estou enlouquecendo de medo de te perder. E eu me disse que você é um fantasma. Se você morreu, o que vai acontecer comigo? Se eu não quero ficar sem você?

Saio, vou receber massagem num spa perto de casa, e me vejo conversando com ele em minha cabeça. E vejo que ele, não existindo, existe mais. E desconfio que a voz que eu achava que era dele é minha.

A massagista me pede pra virar na maca. E escuto dele, o fantasma: se você quer ficar comigo, vai ter que morrer. Pergunto, só pra checar: morrer morrer? Tipo, morrer de verdade? Ele responde: sim. Calmo.

Levanto indignada da maca. Não respondo nada, apenas digo a ele em minha cabeça: não se atreva. Puta da vida por ter que passar por uma prova de amor dessas. Ultrarromântica. A que morre de tuberculose por amor. Eu estava mesmo com catarro no pulmão e usando máscara.

Vou pra casa puta. É quando começo a considerar morrer. A falta de sentido na minha vida sem ele é tamanha, e a minha desvontade de viver é tanta, que me parece na verdade uma boa troca.

Estou deitada no sofá, pensando nele, o que venho fazendo nos últimos dias, meu trabalho *full time*, quando escuto uma voz, que me aparece de vez em quando e que nunca reconheço como minha de tão forte e decidida que é: qual o seu maior desejo? Que ele entrasse por essa porta, respondo. A força dessa voz me fez parar de duvidar de mim. Estava, momentos antes, mais numa vibe "eu amo", "eu me fodi", "o amor é uma merda", "eu sou louca", e outras variações desta cantiga popular. Mas esta voz me golpeia com a certeza: meu maior desejo é que ele entre por esta porta.

Meu maior desejo poderia ser o fim do capitalismo, a paz mundial, acabar com a desigualdade social, iluminar, ganhar na loto, entre tantos outros. Mas este era O desejo. Era verdade. Uma verdade tão difícil de aceitar, e, no entanto, tão forte, que era impossível duvidar dela. E fico quieta.

Diante da verdade, a gente perde as palavras. Eu acho isso lindo. Deitada com minha verdade fico dura e muda. Me sinto como uma fibra, como algo vivo, mas sólido. É bom. Poderia ser assustador, por ser um modo de ser tão estrangeiro. No entanto, é prazeroso. Um prazer raro, que senti algumas vezes na vida, em que eu precisei me sentir fibra. Eu sei como é isso. Eu me torno um soldado, disposto a matar e a morrer. Um lugar tão verdadeiro, tão real, que não há espaço para mais nada, a não ser o que é.

E então meus olhos se abrem, de um jeito normal de abrir os olhos, e ao mesmo tempo inédito. É o mesmo abrir de olhos de sempre, e também não é. A diferença entre um ou outro não dá para tocar, de tão sutil. Noto uma janela se abrindo no meu coração, uma janelinha, pequena, e digo janela por perceber no meu peito um buraco que, desta vez, se abria para fora. Como se algo saísse de dentro de mim, deste lugar tão fechado e protegido que é meu coração.

Eu olho para a porta da sala e vejo que ele não está lá. Meus velhos novos olhos insistem em olhar para a porta fechada, e eu quero fugir para algum lugar, mas meu corpo, fibra do jeito que está, fica. E escuto de mim mesma: é só isso. Seu maior desejo não foi realizado.

Acredito que essa é A hora de chorar, como já havia chorado tantas vezes, mas em vez disso eu... sorrio. Duvido do meu sorriso: cínica, eu conheço a fuga cínica da dor, eu te peguei.

Mas esse sorriso também é novo. E, se é novo, eu não sei bem o que ele quer me dizer. E me quedo assim, um tempo olhando pra porta. E olho para o vitrô da minha sala, a moldura pintada de rosa, dizendo para mim mesma: da mesma forma que quero que este vidro se quebre e ele não se quebra, querer muito que ele entre por esta porta não vai fazer ele entrar. E essa verdade tão óbvia me faz atônita, assombrada, desconcertada, por um tempo. E, ao mesmo tempo, livre. Leve. Não estou feliz. Não estou satisfeita. Estou no desconhecido.

No dia seguinte, recebo a resposta dele. Olho para o celular, e dou um pulo, fugindo do nome dele na minha tela. Falo: era só o que faltava!!

Ele nunca havia me escrito uma mensagem.

Puta que pariu. Xingo e me escuto repetindo: agora sou obrigada... e fico puta, de medo. Vou até a lavanderia, fujo do meu celular, que agora era uma arma. Ele me mandou um míssil de volta. O império contra-ataca. Fico louca. E me lembro que na jogada do tarô, onde havia perguntado de nós, tinha saído O Imperador e O Louco. Que casal improvável.

Sua resposta: Oi, Laura, bom dia! Por aqui tudo bem... grato pelas palavras! Forte abraço e que venha um bom ano para todos nós.

Li querendo brigar, e só me dispus a ler para poder escutar algo desagradável, humilhante, rechaçante. Ou blasé. Ou condescendente. Me armei de expectativas, ele não iria me atingir, eu estava preparada.

E quando leio o que descrevo foi... Beleza, delicadeza, doçura, respeito. E fico presa ao "todos nós", o que eu precisava ouvir de dolorido. Não é sobre eu e você, é sobre todos nós.

Dói. Eu precisava ler. Eu precisava da resposta de se era possível a gente tomar um café, e ali eu escutava: com todo o meu carinho, eu e você somos todos nós.

E fico arrasada. Porque escutar isso dele, uma rejeição ao meu amor maníaco, a dois, eu e ele numa ilha, por favor seja só meu, me faz amar ele mais. E enche meu coração de doçura. E isso é o fim da picada. Me vejo presa. E digo: não adianta, tudo que este homem fala toca meu coração, me enche de doçura, eu vou morrer apaixonada por ele.

Vou dormir apaixonada, desejosa de ser dois, desejosa de ser casal. Desejosa até de ter filhos. Desejosa de dormir com ele e acordar com ele. Desejosa de intimidade. Desejosa de ter mais deste homem que me fazia sentir dócil, mesmo sendo rejeitada. E me sinto encurralada. Quanto mais ele diz não ao meu desejo, desse jeito tão sábio e doce, mais eu quero ele só para mim. Como ele poderia não saber o quanto apenas ele me fazia me sentir assim? E como ele poderia querer sair da minha vida e me deixar sem isso?

Na manhã seguinte, estou de luto. Se ele é um fantasma, é o mínimo a fazer. Seca, dura, vazia. Sem vontade de chorar, mas morta *inside*. Na mesa do café da esquina de casa, olhando para o nada. Lendo um livro sem paixão. Ainda assim, interessante. Foi quando a garçonete vem me falar, toda sem jeito, que havia querido me dar um abraço ontem, mas que não tinha conseguido. E pergunta se podia me dar um abraço ali.

Tão providencial, me levanto e aceito sua oferta. Eu preciso de um abraço. Ela me conta que o espírito santo tinha falado pra ela me abraçar e pra me dizer que eu era uma princesa, que eu recebesse.

Dou três beijos no rosto dela, como os beijos que dei nele, e que eu nunca esquecerei. O abraço dele, os três beijos no rosto dele, esta cena havia passado em looping na minha mente centenas de vezes nos últimos dias. Era como receber dele por ela.

E aí, fico doida. Vou pra casa. Ele não tinha vindo ontem, quando eu chamei. Mas viria hoje, e esta mulher veio me dizer isso.

Vou pra casa, tenho muito a fazer para receber, conforme a mensagem da mulher. Coloco um macacão novo, que tinha pensado nele ao comprar. Estava com o conjunto de calcinha e sutiã que havia comprado para ele também, descaradamente. Dispenso meu filho, que vinha pra cá pra gente ir ao cinema. Aproveito para dizer a ele que tinha um encontro, e sabia que ele ficaria feliz de me ver saindo novamente com alguém depois de tanto tempo sem encontros. Remarco meu paciente. Compro meu vinho tinto favorito, Crianza Tempranillo. E fico curiosa para saber se ele bebe vinho, eu não sei. Compro água, duas taças novas. Embrulho as taças para não quebrá-las. Compro comidinhas. Pareço uma noiva fazendo um enxoval. Estou alegre, leve, abundante. Eu posso receber.
Pego minha cachorra na creche nova, e vejo que ela está assustada. Está se adaptando lá, e volta parecendo que viu o diabo. Penso no que fazer com ela, se eu quero ficar a sós com ele em casa. Ligo para a veterinária, que concorda em ficar com ela. E, em casa, fico me questionando se seria bom estressar ainda mais minha cachorra, claramente exaurida das horas que tinha passado na creche, que era novidade e a assustou muito.
Então me sento. Eu também estou nervosa, e não havia me dado conta do quanto. Estou tentando me equilibrar no meu desejo de receber um fantasma, porque eu sei que ele não vem, e ao mesmo tempo tenho certeza de que ele vem sim. Me preparar para ele é prazeroso. E todas as frases que me impediriam de fazer isso sequer aparecem em minha mente. Não é humilhante esperar o homem que não vem. Há uma dúvida que é desconfortável, mas suportável. A alegria da expectativa de vê-lo está comigo, e é boa. O risco é um risco. Apenas um risco.
E em casa me dou conta de quão rapidamente me esquivei dos compromissos para estar com ele. E quero começar a me questionar, mas não me permito. Não faz sentido fazer a sensata se

havia assumido a insensatez. Eu havia escolhido a insensatez. E estava desfrutando da insensatez. Então conselhos sensatos e questionamentos para trazer realidade não fazem mais sentido. Mas eu estou muito agitada, e resolvo sentar e meditar. Olhando para uma imagem na parede, lembro de uma cena de um retiro, em que vi ele vindo em minha direção, com cara de apaixonado, e ela, minha outra terapeuta, porque eu sou assim, na falta de uma tem dois, tirando ele do caminho. Na época, eu sequer esbocei ficar puta. Já o desejava, mas tinha essa consciência de que havia um limite ali. E ver a terapeuta mais velha dando limite pra ele fez sentido na época. Mas nessa meditação, revendo a cena, eu vejo que a odiei por ter feito isso. E digo eu te odeio. E escuto que eu me vinguei dela, matando o sobrinho dela. E respondo que sim, que eu mato quem se coloca no caminho do que eu desejo. E ela me responde que sentiu prazer em me ver sofrer nestes anos de terapia, descendo ladeira abaixo, perdendo dinheiro, pedindo a ela clientes e oportunidades de trabalhar com ela, e ela sentiu prazer de me ver cair, de me ver me foder, de ela estar por cima, terapeuta, diretora, dona da porra toda, e eu uma fodida.

É forte, mas é verdadeiro. E, se é verdade, e eu sinto que é verdade, pode ser o que for. Vou até a lavanderia pra tentar entender como eu havia matado o sobrinho dela. E me escuto: sem justificativas. E entendo que a verdade não precisa de justificativa. E que ela ter gostado de me ver sofrer é uma verdade que eu sabia, e desconfiei de mim mesma. Cagou minha relação com ela, o medo de defender minha verdade.

E me vejo diante da parede branca, respondendo a perguntas que faço a mim mesma: você mataria sua cachorra apenas para ficar com ele? E respondo sim. É difícil. E é verdade. Sim. Sem pensar. E vou respondendo sim a todos que eu mataria para ficar com ele neste dia. Apenas para ficar. Apenas para não me atrapalhar. Eu simplesmente atendo ao meu desejo quando sei que é o que eu quero, morra quem morrer. Filho, pai, mãe, cachorra. Meu desejo.

E me vejo genocida. Digo, e é verdade, que mataria o mundo inteiro, apenas pelo meu desejo. Basta que seja o meu maior desejo, como é o caso nesta noite. Que eu mataria sim.

Me deito. E entro em confusão, perguntando se poderia matar ele se eu descobrisse que não o teria. Eu não quero matá-lo, com medo de fazer mal a ele. E vejo que aí me perco de mim, sendo que eu havia estado em mim antes, diante da parede. Sendo fuzilada pela minha própria verdade, sem sentir dor, e sim uma estranha vitalidade.

E olhando para a porta em que ele não estava, com medo do que eu sinto, insegura, querendo protegê-lo de quem eu sou, escuto em minha cabeça enquanto me expresso: eu

eu eu eu eu eu eu eu eu eu eu eu eu eu eu eu eu eu eu eu eu eu
eu eu eu eu eu eu eu eu eu eu eu eu eu eu eu eu eu eu eu eu eu
eu eu eu eu eu eu eu eu eu eu eu eu eu eu eu eu eu eu eu eu eu
eu eu eu eu eu eu eu eu eu eu eu eu eu eu eu eu eu eu eu eu eu
eu eu eu eu eu eu eu eu eu eu eu eu eu eu eu eu eu eu eu eu eu
eu eu eu eu eu eu eu eu eu eu eu eu eu eu eu eu eu eu eu eu eu
eu eu eu eu eu eu eu eu eu eu eu eu eu eu eu eu eu eu eu eu eu
eu eu eu eu eu eu eu eu eu eu eu eu eu eu eu eu eu eu eu eu eu
eu eu eu eu eu eu eu eu eu eu eu eu eu eu eu eu eu eu eu eu eu
eu eu eu eu eu eu eu eu eu eu eu eu eu eu eu eu eu eu eu eu eu
eu eu eu eu eu eu eu eu eu eu eu eu eu eu eu eu eu eu eu eu eu
eu eu eu eu eu eu eu eu eu eu eu eu eu eu eu eu eu eu eu eu eu
eu eu eu eu eu eu eu eu eu eu eu eu eu eu eu eu eu eu eu eu eu
eu eu eu eu eu eu eu eu eu eu eu eu eu eu eu eu eu eu eu eu eu
eu eu eu eu eu eu eu eu eu eu eu eu eu eu eu eu eu eu eu eu eu
eu eu eu eu eu eu eu eu eu eu eu eu eu eu eu eu eu eu eu eu eu
eu eu eu eu eu eu eu eu eu eu eu eu eu eu eu eu eu eu eu eu eu
eu eu eu eu eu eu eu eu eu eu eu eu eu eu eu eu eu eu eu eu eu
eu eu eu eu eu eu eu eu eu eu eu eu eu eu eu eu eu eu eu eu eu
eu eu eu eu eu eu eu eu eu eu eu eu eu eu eu eu eu eu eu eu eu
eu eu eu eu eu eu eu eu eu eu eu eu eu eu eu eu eu eu eu eu eu
eu eu eu eu eu eu eu eu eu eu eu eu eu eu eu eu eu eu eu eu eu
eu eu eu eu eu eu eu eu eu eu eu eu eu eu eu eu eu eu eu eu eu
eu eu eu eu eu eu eu eu eu eu eu eu eu eu eu eu eu eu eu eu eu
eu eu eu eu eu eu eu eu eu eu eu eu eu eu eu eu eu eu eu eu eu
eu eu eu eu eu eu eu eu eu eu eu eu eu eu eu eu eu eu eu eu eu
eu eu eu eu eu eu eu eu eu eu eu eu eu eu eu eu eu eu eu eu eu
eu eu eu eu eu eu eu eu eu eu eu eu eu eu eu eu eu eu eu eu eu
eu eu eu eu eu eu eu eu eu eu eu eu eu eu eu eu eu eu eu eu eu
eu eu eu eu eu eu eu eu eu eu eu eu eu eu eu eu eu eu eu eu eu
eu eu eu eu eu eu eu eu eu eu eu eu eu eu eu eu eu eu eu eu eu
eu eu eu eu eu eu eu eu eu eu eu eu eu eu eu eu eu eu eu eu eu

eu eu...

E não parava. Eu ocupando o meu corpo todo. Eu ocupando minha sala. Eu ocupando a cidade, o país, o mundo, o planeta, o universo. Eu, eu, eu, eu, eu, eu, eu.

Penso em me julgar, mas não o faço. Não importa. É verdade.

Eu, eu, eu, eu, eu, eu, gigante.

E, quanto maior, melhor.

Eu, eu, eu, eu, eu, eu. Eu.

E vejo que é prazeroso ser tão eu eu eu eu. E também vazio, sem sentido. E simplesmente prazeroso. Também não muito prazeroso. É médio. O tamanho do meu eu eu eu eu eu não corresponde ao prazer.

É um orgasmo meia-boca.

E, ainda assim, prazeroso.

E me vejo assim na vida. Tendo prazer com eu eu eu eu ocupando todo o espaço. Eu eu eu eu. Mas é um orgasmo meia-boca. E é isso que eu tenho a oferecer a ele. Eu eu eu eu eu eu eu. É isso o que eu sentia sendo vista por ele: eu eu eu eu eu eu eu eu eu. E era um orgasmo meia-boca. Ele não existia, apenas eu eu eu eu eu eu eu eu. Era delicioso. Eu me sentia ocupando o espaço todo. Eu sentia que ele só tinha olhos para mim. Era estar no mundo e ser o mundo. Era ter todo o olhar dele somente para mim. Eu eu eu eu eu eu eu eu eu eu eu.

Levo minha cachorra para passear, e me sinto leve. Livre. É quando escuto que havia faltado comunicação com ele. E fico com esta palavra. Pergunto: comunicar o quê? Comunicar? E repito: comunicar, comunicar, comunicar o quê? O que eu tenho pra dizer, para comunicar?
E, voltando pra casa, percebo que comunicar vem de comunhão. Comunicar, comunicar. O que eu preciso comunicar? Tenho algo a dizer a ele?
Fico com medo. A sensação de ter tido todo o trabalho que tive para recebê-lo e não tê-lo, e ainda assim ter falhado.
Volto, e escrevo para ele:

"Mário, boa noite.
Comprei dois convites para assistir Vivaldi em janeiro, aqui em São Paulo.
Você pode vir?
Abraço!

As Quatro Estações — Vivaldi
10/01/2025, sexta-feira, 20:00, até 10/01/2025, sexta-feira, 21:00
VALET: Acesso pela Rua Lício Nogueira, 90 — Itaim Bibi
SELF PARK: Acesso pela Rua Leopoldo Couto de Magalhães Júnior, 1095 — Itaim Bibi"

Escrever isso para ele era morrer.
Impossível.
Comunicar.
O desejo.
Impossível.
E morro na praia, a índia romântica que morreu de amor.
Ele parte no navio, para conquistar outros continentes.
E nunca me respondeu.

A grande onda

Estou deitada no sofá de casa, o sofá onde afundei anos atrás, quando soube que meu pai ia morrer, e me vi num mar revolto e calmo ao mesmo tempo. E meu pai, como um samurai, num barco, estava para se perder naquele mar.

Eu estava em outro barco, longe, mas o suficiente para vê-lo, em frente ao barco dele, desesperada para não deixar ele partir.

O que nos unia, uma corda rota, estava para se partir.

Eu, desesperada. Meu pai, resignado.

O mar com ondas, de noite.

E eu só escutava:

A corda é uma ilusão.

A corda é uma ilusão.

A corda é uma ilusão.

Em resposta eu disse: que se dane, se é só isso que temos, eu fico com a ilusão.

Do outro lado do sofá me deito, depois de começar a escrever um texto sobre os homens com quem transei.

Escrevo no café da esquina e me emociono ao perceber, surpresa, outro lado da história de um amor de trinta anos atrás. Sinto muito por ter sentido o que senti, para onde fugi quando vi que ele gostava de mim, para onde vou quando vejo que a vida é boa para mim e me dá tudo que eu sempre quis. Fico triste, choro e volto para casa para dormir e descansar.

Em vez de dormir, vou entrando numa cena da infância. Eu, muito pequena, deitada em minha cama. Me lembro de chorar várias e várias noites, e, com o muco dentro de meu nariz, eu não conseguia respirar. E me lembro de outras noites sem conseguir respirar direito, até minha mãe colocar naridrin, e

o líquido ardido me abrir e me permitir respirar. Fiquei viciada em naridrin por um tempo.
Quero dormir, para que minha cabeça não me traga lembranças ruins, e ao invés escuto uma voz: shhhhhhh, quieta, meu amor. E repito essa voz várias vezes para que eu consiga dormir. Me embalo. Quieta, meu amor. Até que, estranho, vejo que não é mais minha voz, e sim a do meu pai. E sinto pavor, fecho o meu corpo até ficar como um inseto minúsculo, para que ele não alcance meu peito, enquanto escuto por trás: shhhhhhhh, quieta, meu amor. Me encolho o mais que posso, e choro, e tenho medo da verdade. Tenho medo da mentira também. E fico num lugar de impasse, profundo, desconhecido, solitário, frio, assustador e dolorido. Tenho medo de olhar para trás e ver meu pai. Tenho medo de avançar na memória. Tenho medo de lembrar. Meu corpo contraído o máximo que podia, meu pai dizendo "shhhhhh, quieta, meu amor"; o medo de lembrar.
Encolhida, peço para não ser verdade, peço para não lembrar, ou vou perder meu pai, de novo. E escuto: eu já perdi. Eu já perdi. Eu já perdi.
Isso me acalmou. Eu já perdi. E eu já perdi lá atrás, nessa idade, lá atrás, naquela cama. Eu já perdi.
E isso explica. O inexplicável do que eu sempre soube de mim mesma.
E isso explica a solidão. E isso explica o encolher. E isso explica o pavor de ter um homem que eu realmente ame perto de mim. E isso explica as escolhas, os abandonos. E isso explica. Como a resposta às perguntas. E isso explica.
Shhhhh, quieta, meu amor. E isso explica meu silêncio. E isso explica o pavor de me expor em público, sendo eu mesma. E isso explica as fugas. E isso explica o esquecer.
E isso explica o meu medo de amar. E isso explica minha sede de ser amada. E isso explica a minha briga com Deus. E isso

explica o tanto que eu rezei de noite para Deus. E isso explica o tanto que eu quis acreditar que Deus existe. Contra todas as evidências. E isso explica o meu apego à fantasia. E isso explica o meu amor ao que nunca vai existir para mim. Só em minha cabeça.

E isso explica o meu medo de olhar para dentro. E isso explica a certeza da devastação. E isso explica o meu desejo de morrer. Naquela cama, eu quis morrer. Eu preferia morrer a ter que olhar para trás. Eu preferia morrer a descobrir a verdade. E isso explica.

Vou para o mercado, sinto sede. Vou atrás de uma kombucha. Como se não tivesse lembrado. No caminho, escuto: arrombada. Escuto duas vezes, deixo passar. Escuto: recalcada. Concordo, e deixo passar.

No mercado, penso em pedir mais caixas livres, há uma fila. E penso que posso esperar, que estou bem. Não sinto pressa em ser atendida. Não sinto necessidade de demandar. Espero. Sou atendida por um senhor. Ele me trata com cordialidade, eu respondo com cordialidade, e fria, como se estivesse morta e viva ao mesmo tempo. Olho para ele e me emociono. Ele me serve, é o seu trabalho. E me serve bem, com profissionalismo. Antes vi que a moça do caixa disse que ele podia almoçar, e ele respondeu algo como "vou atender e depois eu almoço".

Olho para ele, pego meu cartão, como um escudo. O cartão de crédito é minha proteção diante do caixa do mercado. Ele pergunta se sou cliente mais, digo que sim, digito meu CPF. Ele pergunta se quero sacola, digo que sim, uma, por favor. Ele coloca minhas compras na sacola, e tudo que acontece nessa cena me emociona. Este homem me emociona profundamente, e eu me seguro para não demonstrar. Agradeço quando termino de pagar, ele olha nos meus olhos, me agradece, e não sei explicar o que vejo nele. Honra, serviço, bondade, não tenho

palavra para descrever. E lembro do meu pai. Este homem me lembra meu pai.
(Enquanto escrevo, minha cachorra se agita. Eu choro e soluço, e ela fica agitada. Digo a ela que está tudo bem, mas ela me vê. Me tranco no banheiro para poupar minha cachorra. E me acalmo.)
Volto para casa, penso na palavra compaixão, e apenas penso nela. Chego em casa, e tento meditar. Minha cachorra não para de lamber minha mão, e eu digo a ela que eu a amo também.
Decido escrever para não esquecer. Com calma. Na fila do caixa, ouvi de mim mesma num tom muito agressivo: e agora vai dar pra você se perdoar?
Peço a mim mesma, com firmeza e delicadeza, mais delicadeza comigo mesma. Me escuto e obedeço.
Volto para casa, encontro minha vizinha Margarete no banco em frente ao veterinário. Ela está com Salsicha, seu golden velho. Pergunto o que ela faz ali, ela diz que está esperando para ser atendida, mas Salsicha está com medo, e aguarda do lado de fora. Digo a ela: quem é que não tem medo de banho e de veterinário?
Sento na calçada para tomar minha kombucha. Não sinto nada. Fumo um cigarro. A metade, depois jogo fora, e me convido a entrar em casa e escrever.
Chego em casa e vejo que tenho mensagem da pousada onde quero passar o final de ano, com minha cachorra. Entendo que quero viajar com ela para que ela se sinta segura comigo. Eu viajaria sozinha, mas sinto muito que ela sinta tanto a minha falta. Estou treinando ela para se acostumar com outras pessoas, para que eu possa viajar sozinha, estar um pouco sem ela, com ela bem, podendo curtir outros cachorros e outras companhias. Fico me perguntando agora se eu sou assim com minha menina. Se eu escolho a solidão para garantir que ela fique bem. Se eu sou assim, grudada comigo mesma. Se eu quero o tempo

todo afirmar para ela que está tudo bem, que eu estou com ela aqui, comigo. E me pergunto: aquela mão que senti, dizendo "shhhhhh, quieta, meu amor" é minha ou dele? Me vejo misturada nele, como me vi misturada em minha mãe ontem. E escolho me desmisturar. Para meu bem.

Que a corda se rompa, meu amor. É assim que chamei meu pai, dias atrás. E é assim que eu me chamo agora, quando quero de verdade me acalmar. Está tudo bem, meu amor.

Que a corda se rompa, pai. Ela é uma ilusão. Que você vá para seu mar. Que eu siga em meu barco o tempo que me cabe viver, a vida que me cabe viver, pai. Que a corda se rompa, meu pai. Que a mão, seja minha, seja sua, saia da minha boca, e que eu possa me expressar, escrever, falar, silenciar. Que a corda se rompa, meu pai.

Acho que ela já se rompeu. E eu só vejo agora.

Eu quero saber quem é você.
QUEM É VOCÊ.
Quero saber por que eu sinto o que eu sinto por você.
E SÓ POR VOCÊ.
Não me venha, por favor, com o papo do amor universal, do somos todos irmãos, do quero ter um milhão de amigos pra bem mais forte poder cantar, do Claudio, da sangha.
Não quero saber de eneagrama, de Sat, de teatro, de gestalt, de Maria, de outros terapeutas.
Não quero falar sobre pacientes.
Não quero saber de terapia.
Não quero saber de desculpas.
Nem justificativas.
Nem enrolação.
QUEM É VOCÊ?????
Você está bloqueando meu caminho.
Me diz por favor quem é você pra mim e o que eu sou pra você.
Eu preciso saber.
Eu preciso saber.
Eu preciso saber.
Chega de dar voltas aqui dentro.
EU JÁ REVIREI TUDO AQUI DENTRO TENTANDO DESCOBRIR QUEM SOU EU E EU SÓ CHEGUEI ATÉ VOCÊ.
Eu rodo, eu afundo, eu vou, eu volto, eu dou cambalhota, e TODOS OS CAMINHOS ME LEVAM ATÉ VOCÊ.
EU NÃO AGUENTO MAIS OLHAR PRA DENTRO, OLHAR PRA MIM, EU PRECISO SABER QUEM É VOCÊ.
Cansei de mim mesma num ponto que tá insuportável.
Eu não me aguento mais. Toda vez que eu olho pra mim eu vejo você.
Então pelo amor de deus me ajuda, eu preciso ver você.
Eu preciso falar com você.

Eu preciso tocar você.
Eu tenho que saber quem é você de verdade.
NÃO TENHO MAIS O QUE OLHAR AQUI, SOZINHA.
CHEGA DE OLHAR PRA MIM, EU ESTOU EXAUSTA, JÁ ULTRAPASSEI O LIMITE QUE DAVA PRA ULTRAPASSAR, JÁ FOI CRIANÇA FERIDA UM MILHÃO DE VEZES, JÁ FOI VOLTA PRA CASA UM MILHÃO DE VEZES, JÁ FOI VIAGEM INTERIOR PRA PUTA QUE ME PARIU UM MILHÃO DE VEZES, EU NÃO AGUENTO MAIS.
Eu preciso saber quem é você. Eu sou focada, eu só tenho olhos pra você, e eu preciso saber de você. Pode chamar de obsessão, pode chamar de loucura, transferência do inferno, não quero saber nomes.
Eu só preciso te encontrar ao vivo.
Falar com você.
Sem mais ninguém perto.
SEM TERAPIA!!! PELO AMOR DE DEUS!!!
Para com essa palhaçada de morar na minha cabeça a puta que me pariu.
Eu preciso te encontrar.
Por favor, se é complicado falar contigo por telefone, que é o que eu sinto, você pode por favor me encontrar no dia 10 de janeiro aqui em São Paulo?
EU QUERO TROCAR EU EU EU EU EU EU EU EU EU EU EU EU EU EU EU por VOCÊ VOCÊ VOCÊ VOCÊ VOCÊ VOCÊ VOCÊ VOCÊ VOCÊ VOCÊ VOCÊ VOCÊ VOCÊ. Não dá pra ser de outra forma.
Eu preciso ver você.
Que CARALHA É ESSA DE VOCÊ SÓ RESPONDER NÓS NÓS NÓS NÓS NÓS NÓS NÓS NÓS NÓS NÓS NÓS NÓS NÓS NÓS NÓS.
NÃO ME INTERESSA TODO MUNDO, NÃO ME INTERESSA TODOS, NÃO ME INTERESSA SANGHA, FAMÍLIA, PÁTRIA, PUTA QUE PARIU, NÃO ME INTERESSA.

EU QUERO SABER DE VOCÊ E EU!!!!!!!!!!!!!!!!
PUTA QUE PARIU QUE BOSTA É ESTA QUE AGORA É ESTA BOSTA DE TODO MUNDO NO MEIO DE NOOOOOOOOOOOÓS-SSSS????????
TOMAR NO CU!!!!!!
EU QUERO SABER DE VOCÊ E EU.
EU E VOCÊ.
VOCÊ E EU.
EU QUERO QUE TODO MUNDO VÁ PRA PUTA QUE LHES PARIU.
EU NÃO FUNCIONO ASSIM.
NÃO ESTOU INTERESSADA EM TODO MUNDO.
NÃO QUERO SABER DE TODO MUNDO.
E EU QUERO SABER DE VOCÊ.
VOCÊ FICA SE ENCASTELANDO AÍ.
INACESSÍVEL.
INACESSÍVEL.
INACESSÍVEL.
PUTA QUE ME PARIU, MÁRIO, EU ESTOU PUTA DA VIDA COM VOCÊ.
DESENCASTELA, PUTA QUE PARIU.
EU NÃO POSSO TE LIGAR.
EU NÃO POSSO TE FALAR O QUE SINTO POR MENSAGEM.
PORQUE VOCÊ É CASADO.
E EU NÃO POSSO INVADIR TEU ESPAÇO QUE É DIVIDIDO.
PORQUE SEU ESPAÇO EU JÁ TERIA INVADIDO SE VOCÊ NÃO FOSSE UMA PESSOA COMPROMETIDA.
AGORA, VOCÊ FICA NESSE PAPO DE TODO MUNDO.
EU NÃO ME INTERESSO POR TODO MUNDO.
EU ME INTERESSO POR VOCÊ.
SERÁ QUE, POR FAVOR, VOCÊ PODERIA SE ENCONTRAR COMIGO PARA PODERMOS FALAR DISSO?

NÃO ESTOU INTERESSADA EM ATENDIMENTO PSICOLÓGICO.
NÃO ESTOU INTERESSADA EM EXPLICAÇÕES.
NÃO ESTOU INTERESSADA EM SALVAR A HUMANIDADE.
EU SÓ GOSTARIA DE TER UM ENCONTRO COM VOCÊ AO VIVO.
PODE SER?
POR FAVOR!

Carta ao pai

Não me agrada esperar. Não me agrada fingir. E me desagrada muito não ser atendida.
Ontem perguntei para você o que eu fiz que te fez se afastar de mim.
E sigo sem resposta.
Escutei: inocente. E quis que você fosse o inocente.
Eu criança quis que você fosse inocente.
Eu adulta quero a verdade.
ADULTA, QUERO A VERDADE.
Eu adulta só peço a verdade.
É para isso que escrevo.
Para matar o que precisa morrer, para que eu siga viva. Enquanto eu viver.
Eu quero ver, pai.
Eu quis ser cega, pai.
Inocente, pai.
Releio e não gosto do que escrevo.
E me desagradar me parece uma boa ideia agora.
Me desagrada querer me agradar o tempo todo.
E não conseguir.
No sofá, agora pouco, minha mão esquerda fechava minha boca, e me pedia silêncio.
Foi insuportável para mim desconfiar que fosse uma memória de você e eu.
Eu criança, com a boca sendo tapada.
Senti nojo, raiva, impotência.
Me encolhi.
E me levantei para ir atrás de um doce.
Me desagrada não atravessar o desagradável, pai.

E fiz isso por você.
Você não me pediu silêncio quando me viu adulta.
Não explicitamente.
E tampouco me disse algo sobre isso que abordo aqui, com delicadeza comigo. E delicadeza com você.
Acontece que eu, pai, também sou delicada.
Como uma flor.
Como um vaso.
Como um cristal.
Eu me quebro constantemente. Sempre descubro algo no meio dos cacos.
E sou assim, hoje.
Fico me perguntando agora quem me ensinou a quebrar, e parecer não temer o resultado de minhas ações.
Quem me ensinou a ser assim?
Com ganas de te acusar.
Com medo de ser a mulher acusadora do homem que não abusou.
E parece que preciso atravessar esta linha agora.
E, se faço isso, descubro que corro este risco apenas se eu puder estar errada.
Meu maior desejo, pai, é estar errada quanto à acusação que faço contra você.
E me pergunto por que eu, apesar de saber o quanto você nunca me pediu para não ser corajosa, insisto em achar que devo me acovardar diante de uma dúvida.
Você me abusou, pai?
Eu te abusei, pai?
Você tem como me responder, pai?
Agora que está morto?
Eu não acredito em fantasmas, pai.
E me lembro de te ouvir em meu quarto, logo depois de sua morte, me pedindo para não chorar.

Eu senti raiva, pai. Você de novo me pedindo para não fazer a única coisa que parecia poder me trazer alívio.
Me pedindo para não te ver.
Me pedindo para não ir ao enterro de minha avó.
Me pedindo para não ir ao enterro de meu avô.
Me pedindo para não me meter no seu casamento.
Me desafiando a fugir de casa com, o quê, quatro anos de idade?
Eu senti raiva, pai, todas essas vezes.
É como se você e eu nunca tivéssemos tido uma chance de verdade de concordar sobre o que queremos para mim.
A não ser quando te perguntei se você queria morrer, pai.
E eu vi você menino.
Eu concordei com o que você quis. Eu também quis que você morresse.
E eu dei para você um Rivotril. Para você parar de sentir dor.
E eu pedi, fazendo carinho em sua cabeça, para te enganar.
Eu estava pedindo à morte para levar você logo. E disse a ela que, se você estava sofrendo por dever algo, que ela colocasse na minha conta.
Nessa hora, você olhou para mim. O mesmo olhar que eu recebi tantas vezes. Raiva.
Você também sentiu raiva de mim.
Até os seus últimos momentos.
Raiva, pai.
Eu vi raiva nos seus olhos.
Logo depois de tomar o Rivotril, sua dor piorou.
Agora eu acredito que pode ter sido o Rivotril que rompeu de vez seu estômago, e fez você sangrar e sentir muita dor. A ponto de precisar chamar a ambulância.
A dor se tornou aguda.
E, enquanto escrevo isto, não me sinto culpada.
Eu te matei, pai?

Gostaria mesmo que isso fosse verdade, que eu fosse a pessoa que deu a você o remédio que acelerou sua morte. Porque foi isso o que eu pedi, escondido de você, da outra, da outra.
Gostaria mesmo de ser a pessoa que acelerou sua morte, pai.
Sem culpa aqui, pai.
Escrevo para matar o que precisa morrer, pai.
O que inclusive pede para morrer, como você fez, pai.
Em troca, te pergunto.
O que te fiz para você ter raiva de mim?
Quando eu era pequena.
Quando eu pergunto isso, sabe o que me vem à memória?
A cena do homem que me encostou no muro da linha do trem da USP, e fez meus papéis caírem no chão, nas escadas.
Eu estava grávida, e com raiva do namorado, não me lembro por quê.
E esse homem, que eu vi lá de baixo, com sua má intenção, e ainda assim subi as escadas, me encostou no muro, tampou minha boca, e disse para eu não gritar.
Eu gritei. Não, foi o que eu gritei. E ele saiu correndo.
Ele não me estuprou. Apenas machucou minha boca, que sangrou. Eu recolhi meus papéis da faculdade, a faculdade que você menosprezou, que é a melhor faculdade da América Latina, porque você quis que eu fizesse direito, e eu quis fazer letras. Eu quis fazer o que eu podia fazer. Porque eu tinha que trabalhar e estudar. Porque o curso que eu quis fazer, terapia ocupacional, era período integral. Eu queria trabalhar com o que se chamava na época de pessoas com necessidades especiais. Os que ainda hoje são chamados de retardados, pai.
Eu me questiono se preciso falar disso aqui. Se o que mato já não deveria estar bem morto a esta altura. Mas deixo de me questionar para escrever. Talvez eu seja o tipo de assassina que atira várias vezes, algumas vezes. E que quer ser a assassina

que dá um tiro só, na testa, silencioso. Desconfio que também sou assim, pai.
Por que me chateia tanto buscar por evidências, por não confiar na memória que vem em fragmentos, referências cruzadas, em, desconfio, desejo?
A memória de ontem, pai. Estava numa sala, deitada numa maca, e havia acabado de receber massagem no meu corpo e nos meus pés. E nela eu me vi criança sendo penetrada e sentindo o desejo sem fim de ter meu corpo preenchido por dentro, por carne. E me lembrei de mim, grávida, com dezoito anos, sentindo meu corpo preenchido, penetrado, devassado pelo bebê que crescia em mim. Carne dentro da minha carne, tomando meu corpo sem minha vontade, como um estupro. Como aquilo me incomodou, me envergonhou, e também me deu prazer. Como é louca a vida, a experiência de ser carne, alma, sentimentos, memórias, não, pai? Era assim que eu estava ontem.
E, hoje, a experiência no sofá foi desagradável. E eu fugi, porque me senti desamparada, com nojo, pequena. Criança. E quando me levantei, comi o doce e voltei, eu era grande, forte e raivosa. E vim atrás de você, como um bicho.
Tivemos, nós dois, como bichos, uma experiência desse tipo, pai? Isso, de alguma forma, me explicaria, pai. E isso, de alguma forma, me traria paz. A paz que o direito busca, creio eu. A reparação no direito vem pela verdade, creio eu. E a justiça é cega, como eu, creio.
Teria eu feito justiça por isso, quando te dei o remédio e rezei para você morrer, pai? Teria eu, pela visão do direito atual, matado você, de fato? Estaríamos dessa forma quites, eu e você. E é possível ou desejável que estejamos quites, pai?
São as perguntas que me vêm agora.
Eu gosto de falar com você, pai. Eu me lembro da conversa que tivemos no estacionamento em que você trabalhava como ma-

nobrista, onde você me tratou como outro ser humano, não como sua filha. Eu acho que ali você me deu um tiro, pai. E eu escrevo agora com gratidão e admiração. Como foi bom estar contigo sem ser sua filha, pai. Ali eu te vi um homem, não mais meu pai. E quando conversamos antes de você morrer, quando elas saíram. Eu tinha um desejo de ficar sozinha com você. Você sempre estava com gente junto, já reparou? E quando ficamos sozinhos a primeira coisa que quis te perguntar e perguntei: pai, você quer morrer? E você não me tratou como filha, e eu me senti... especial? Não sei como me senti, foi bom, pai. Você me dizia a verdade.

Te perguntei se você acreditava em algo depois da morte. Te falei que senti raiva e senti sua falta. Você disse que tinha orgulho de mim. E que a única coisa que se arrependia era do que tinha feito com a gente. Era sobre isso que você falava? Eu acredito que não. Eu acho que, se você fez isso, comigo ou com minha irmã, ou com as duas, você precisou esquecer. Como nós. E que seguimos assim, com um elefante branco no meio da sala. E que talvez por isso você fugia de nós. E que também por isso nós quiséssemos tanto estar com você.

Aqui em cima, eu imagino.

Eu tinha tanto medo de abusar do meu filho que não tocava o pinto dele. E ele ficou com sujeira embaixo da pele. E, quando fez a operação de fimose, o médico comentou com outro médico que tipo de mãe deixava uma criança, na época com uns quatro, cinco anos, com um pinto tão sujo. O outro médico me defendeu, disse que o pior é que eu era uma boa mãe.

E conversei com ele, pequenino, para não deixar ninguém tocar nele.

Eu tinha pavor de que isso acontecesse com meu filho, pai. E não era por ser alguém muito ligado a esse assunto externamente. Esse assunto me parecia algo muito meu, sabe?

E quando ele criança maior começou a grudar muito em mim e demonstrar o prazer sexual que isso dava nele, eu cortei bruscamente. Não acolhi a sexualidade emergente dele, eu o afastava bruscamente. E eu vivia grudada nele quando ele era bebê. Grudada mesmo. Dormia com ele. Beijava ele. Ele era irresistível para mim, sabe? Não me recordo de sentir tesão, pai, mas sim uma sensação de segurança, de proteção, junto com uma espécie de alegria por estar viva e ele também, e ver sua calma, alegria e inocência protegidas. A gente também dançava, e brincava, e eu dava comida pra ele, e cantava pra ele, e contava histórias antes de dormir, com sua cabeça no meu braço. Era intenso, pai. Eu fico pensando se eu quis ter isso com você, ou se tive isso com a mãe, ou se não tive muito disso. E o que eu tive de mais intenso pode ter sido essa memória corporal de ter sido penetrada. Não sei quando, mas tudo indica que cedo. Não sei por quem. Não combina muito com você, e ao mesmo tempo, se sigo escrevendo, parece combinar. E me deixa curiosa sobre como foi pra você. Curiosa, pai.
Fico pensando de como essas experiências, qualquer delas, faz a gente ser quem é. E isso me decepciona um pouco. Eu realmente me sinto um alecrim dourado que nasceu no campo sem ser semeado. Que dirá penetrado. Que dirá imaginar que o que eu mais gosto em mim hoje pode ter vindo dessa experiência, que eu não quero dourar, pai.
As pessoas, pai, quando me veem com meu filho, acham que somos namorados. Eu não me importo, pai.
Qual será o maior desejo que tive por você, pai?
Qual seria o desejo que, não atendido, me fez ir em busca furiosa por reparação, pai?
Quem é a vilã, pai?
E seguimos.
Eu fico querendo matar tudo de uma vez, pai.

Eu sou assim.
A vida vai me pedindo calma.
Eu viro os olhos.
Eu sou assim, pai.
Gosto de imaginar que você sabe como eu sou.
Que eu tenho um pai que sabe como eu sou.
Gosto de imaginar que somos íntimos, pai.
Não quero tirar de mim o que é meu e me constitui, pai.
Seja o que for, pai, de verdade.
Eu sempre acho que eu aguento.
E, ainda por cima, acredito que vou sentir prazer.
No último Sat de que participei, perguntei a um xamã cubano sobre você. Ele me respondeu: está bem e soube perdoar. Na época fiquei pensando sobre o que você teria que perdoar. Fico pensando agora que você me perdoou por ter matado você. E eu, que posso te perdoar por ter recebido, de você, prazer.
Eu nem sei se sinto vontade de me perdoar. Acho que sim. Me sinto Des-culpada, pai. Sinto vontade de que eu e você, pai, sejamos livres.

A descoberta do amor

Estive gripada, e achei que era dor de amor. Me apaixonei por um homem que em minha mente era o homem da minha vida. A realidade bateu na porta do meu quarto, em vez dele. Cada barulho que dentro de mim trazia ele se traduzia no aqui como vizinhos, faxineiras, vento.

Gripei.

E senti minha pele virada do avesso, da cabeça aos pés. Como eu costumava ameaçar meu filho pequeno quando criança: "Filho, você pode sair para brincar, mas se você se machucar vou virar sua pele do avesso, e depois vou bater em você".

Depois de mandar as mais lindas declarações de ódio que já mandei para alguém. Um tesouro de desilusão.

Fui até a farmácia e comprei xarope e dipirona. E, antes de dormir, me embalei com a música com que costumava embalar meu filho.

Chorei como um bebê mimado.

Sorri como uma criança desamparada.

Sigo gripada.

Minha nova terapeuta

Minha nova terapeuta disse que briguei com minha mãe. Criança ferida. Narcisismo.
De novo. *Same old shit.*
Volto pro quarto, onde devo fazer as pazes com ser mulher.
E trocar de lugar com minha mãe. E perder meu lugar de grandeza.
Esse papo de psicoterapia confundindo tudo, instruções precisas, batidas e rebatidas.
E, antes de entrar no quarto, lembro de mim mesma parindo meu filho, com dezenove anos.
Eu o chamava de Sebinho, foi assim que o conheci. Minutos nos meus braços depois do parto, o corpo envolto em gordura. Proteção. Para logo ser retirado de mim.
Ali, me perdi. Em 1995, não havia parto humanizado. E ele se foi de mim para ser pesado, avaliado e limpo. E eu fui dormir bêbada de peridural.
Acordei de sonhos intranquilos, na cama de um quarto de maternidade. Santa Marina, ali no Jabaquara, onde anos depois nasceria meu sobrinho.
Fui atrás dele. Carregando o porta-soro. De camisola. Com uma barriga enorme que continuou depois do parto. Como esperar mais se o que eu esperava já havia chegado?
Cheguei no berçário com medo de não saber mais quem era ele, depois de horas distantes. Ele estava num berço, entre tantos bebês. Era comum, magro, um nariz grande, uma cara de bebê velhinho, pele sobrando, comprido. O mais bonito. Eu nunca iria esquecê-lo ou confundir-me.
Bati no vidro. A enfermeira me olhou espantada. Não se bate no vidro de um berçário, pode acordar os outros bebês.
E o que me importava era que meu bebê chorava, sozinho.

Disse apenas, mirando em seus olhos: é meu. E ela entendeu. Quando digo o que sei que digo, ninguém se põe em meu caminho. Voltei com ele para o quarto, como um troféu. Minha companheira de quarto me perguntou como havia conseguido pegar meu bebê fora dos horários estabelecidos pela maternidade. Respondi: vá buscar o seu!

Em casa, tive a sorte de poder estar com ele só pra mim. Não estava trabalhando, havia trancado a faculdade. Depois de um namoro de três meses, havia engravidado. E o pai não me abandonou. Me suportou.

Surpreendi amigos e família com a mãe que revelei aos dezenove. Fui chamada de louca, no limite de ganhar mais um diagnóstico, psicose puerperal. Eu apenas não gostava que tocassem nele, não queria visitas, meu mundo era eu e ele. Éramos céu na terra, juntos.

Na hora do banho, a banheira era o mar quente, raso, com brinquedos sujos de limo. Patos, sapos, peixes, tubarões. Ele ria, e como ria! Eu o olhava rindo, e meu coração estava tranquilo. Paraíso. Batia mãos e pernas e ria. Testava o que era estar na Terra e ria. Era bem-vindo.

Tirava ele com todo o cuidado da banheira, sair do quente para o frio era uma operação. Uma toalha com capuz, e ele teria uma nova pele. Eu o envolvia na toalha, e deixava que a água fosse absorvida, no seu tempo, sem pressa. No tempo certo, que é o tempo dos amantes.

Pressionava o pano macio em sua pele. Meu trabalho era aplicar a pressão correta, o suficiente para secar, nada a mais para não machucar. Nas noites de frio, meu corpo era sua toalha, e eu o envolvia com a perfeição de quem sabe o que veio fazer nesta vida. Envolver, proteger, com prazer.

Ele com roupa de toalha sorria. Agora estava preso, envolvido, contido e aquecido. Era sorriso, não mais as risadas da banheira. Outra música.

Aproveitava o momento de tirar a toalha para beijar sua barriga branca. Ele se defendia desse ataque. Nossa guerra privada. Contratempo.
E então colocar um pijama. Presente de minha mãe, que sempre foi doida por pijamas. Azul e branco. Estampas de bichinhos. Para dormir em paz.
Seus cabelos eu deixava secar ao vento. Amava-os desgrenhados, fininhos, loirinhos, tão poucos.
Até chegar a hora do pai. Ele vinha com uma escova azul de cerdas macias, colocava-o no colo, e ia penteando seus cabelos com calma e precisão. Um por um, um outro tempo, a ordem. Ele ficava quietinho, como um aluno que escuta o professor. Ao final, o resultado não me agradava. A parte ruim de ter que dividir seu rei com outro rei. Virava os olhos e dizia: pronto, cabelo a vaca lambeu. O pai ria, ele também tinha direito a cuidar. Meu ser selvagem se civilizara. Parecia, com os cabelos ordenados, Clark Kent, não mais Superman. E assim ele ia dormir. Seu pai o chamava Zequinha.

Love as suas transas de mel, Rapunzel.

...

O amor de Julieta e Romeu,

O amor de Julieta e Romeu,

Igualzinho o meu e o seu.

(Daniela Mercury)

O que surge de um coração quebrado? E se doía tanto ontem por que não dói mais hoje? Evito puxar lembranças, foi bom ter dado um passo à frente, atrás o que havia era um vórtex de loucura e abismo, o caos entrando na falta de sentido, a mente buscando explicações em universos paralelos, as possibilidades de várias vidas, os vários *ifs* que compõem uma existência, o esquecimento de que desistir também é uma opção, a briga eterna com o livre-arbítrio, e a luta corpo a corpo com a esperança, a que ficou no fundo da caixa e é tão difícil de morrer. Toda vez que piso o chão, junto com o alívio, a dor de não sustentar a loucura. O sentido de se trair. A escolha entre cuidado com o que se tem e o tesão de realmente não saber. O desejo de se consumir, apenas porque se considera gostosa. O desejo de uma vida simples, sofisticada até onde for possível ser. O desejo no qual o próprio desapego se realimenta. A confiança de que quem sabe sabe, e te guia. A malandragem de gastar todas as fichas disponíveis. A fé de que será pega, e devidamente castigada.

Seguindo a contragosto o conselho de minha nova terapeuta, resolvo trocar de mãe.
Foi difícil. Me senti no pior naipe do tarô mitológico, o de espadas. O herói tinha que matar mamãe, ou três velhas fúrias iriam atormentá-lo pelo resto de sua existência.
Era eu ou elas.
Experimento um assassinato em massa, e eis que minha nova mãe é muuuuito melhor que minha mãe original de fábrica.
Contei a ela que havia marcado um encontro com uma paixão antiga, de trinta anos atrás. Disse a ela que talvez não fosse o momento, estava curtindo uma fossa de um relacionamento com um fantasma, e que eu era dada a relações extraordinárias. Ela me respondeu: amore, você marcou, não marcou? Vai ver qual é que é...
Fui ao encontro armada com minha cachorra, assim o clima ficaria mais leve. Tinha medo de declarar meu amor enrustido e assustar meu crush. Estava mesmo me sentindo um carro desgovernado, segurando meus cavalos.
Enquanto o esperava num café em Higienópolis, mandei foto de minha cachorra para ele, para fingir um clima amistoso. Ele respondeu: você veio a cavalo?
Minha nova mãe deu risada e disse: às vezes levar um cachorro significa apenas que você levou um cachorro.
Ele mandou sua localização em tempo real pelo Google. Resolvi mandar a minha.
Nos encontramos virtualmente, e foi lindo. Minha foto sorria feliz ao se encontrar com a foto dele vazia.
Porque a pessoa gosta mesmo é de se encontrar romanticamente com o vácuo.
Enquanto esperava, em vez de me bater com suposições malucas de abandono, crime e castigo, dei risada de todos os pensamentos,

brincadeiras e emoções que me atravessavam. Minha mãe nova apenas sorria.

Ele chegou lindo. Estava o mesmo, dez anos depois. E disse que eu também.

Dei um abraço nele e recebi um cheiro. Que delícia!

Tínhamos tanto para falar. Mudanças de casa, de trabalho, vida dos filhos, aventuras amorosas, medos, perdas.

Até que ele contou que havia um bebê no meio da história. E continuou outros assuntos.

Interrompi: bebê é um tópico que se sobrepõe aos outros. Me conta logo.

Ele tinha tido uma filha. Muito fofa e selvagem por sinal. Parecia uma onça em miniatura na foto.

Dei risada. Disse a ele: e você foi ter um filho, que aventura!

Ele se emocionou. Ainda estava digerindo essa surpresa da vida.

Pedi perdão pela risada que o desconcertou, peguei com força sua mão e dei um beijo. Ele aceitou meu beijo com a mesma intensidade. Parecia que ali estávamos transando, num café. Nossos corpos eram íntimos e sabiam se comunicar melhor que nós mesmos.

Minha mãe velha reapareceu, me falando para não tocar no corpo de um homem recém-parido e recém-casado.

Minha mãe nova me liberou, simplesmente porque ela via beleza onde a velha via censura.

Dois corpos íntimos, meu amor. Me diz o que pode haver de errado nisso?

Contei a ele sobre a morte de meu pai. O tsunami que havia me devastado nos últimos anos, e que ainda causava pequenas inundações. Ele se emocionou. Tocou meu braço com delicadeza.

A vida dele foi revirada pela vida, a minha pela morte.

E olhar para ele enquanto atualizava o status de nós dois, dividindo um pão com ovo caro e chique, me jogava em abismos, com asas para voltar.
Este encontro me deixou feliz como uma menina que vai correndo atrás de um sopro do passado e encontra um presente.
E fui embora triste, com saudade do relacionamento que nunca tivemos, e orgulho do tesouro que guardamos para nós dois.
Antes de ir, mandei um beijo para a mãe dele, que havia nos levado para prestar vestibular juntos, décadas atrás.
Minha nova mãe é muito fofa. Pôs as mãos em meus ombros para me amparar, e me fez ouvir Tom Zé, ali, entre a Augusta e a Consolação.

Augusta, graças a Deus, graças a Deus
Entre você e a Angélica, eu encontrei a Consolação
Que veio olhar por mim
E me deu a mão

Quando eu vi que o Largo dos Aflitos
Não era bastante largo pra caber minha aflição
Eu fui orar na Estação da Luz
Porque tava tudo escuro dentro do meu coração.
Augusta, que saudade...

(Tom Zé)

Releio o último texto que escrevi, e minha cabeça começa a doer. Parece que vai explodir. E fico com essa palavra na boca, ex plo dir. Como se pode dizer que o signo é arbitrário? Que as palavras dizem o que dizem sem querer dizer? Se essa palavra carrega em si o sentido sem precisar de explicações, sem necessitar de etimologia, sem precisar voltar ao latim para justificar o que diz no momento em que atravessa minha cabeça para chegar a minha boca, onde se torna viva, como uma bomba.

E se, ao ir pronta para levar um fora, outro fora, e chorar por ser novamente trocada por outras, a outra, a outra, a outra, sou eu que corto a cabeça do homem com uma espada?

Silêncio no quarto. Alguém me pegou. A sádica olha para a masoquista, e diz: "Hã?"

A sádica está de pé, no canto da cozinha, mãos na cintura. Tem uma pose altiva, seus olhos abertos, e olha para a masoquista, que estava fazendo seu exercício matinal de agachamento e deslizamento na parede do chuveiro, acompanhada de músicas românticas, cantando seu choro.

A masoquista não gosta de ser interrompida. Corta seu barato. Olha pra sádica e segue seu show:

Você acha que é fácil ser sempre a outra? Você acha que a mim foi dado um papel fácil, meu amor? Acha fácil fazer a Whitney sem ter uma banheira à disposição? Me virar com um chuveiro a gás, cuja água esfria e esquenta ao seu bel-prazer?

A sádica, de queixo caído, não consegue acreditar no que está vendo. Diz apenas: você.

Duas mulheres se olham. Ninguém está disposta a largar o osso de estar com a razão. Briga de cachorro grande.

Chegue *my new mom*. Pede licença às duas, o apartamento de vinte e seis metros quadrados está uma zona, e precisa de ordem. Que elas tenham fôlego e disposição para discutir quem matou Odete Roitman, que todo mundo que esteve vivo nos últimos cinquenta anos sabe, é problema delas. Agora a casa pede uma faxina.

Sim, para Ferdinand de Saussure, o signo linguístico é arbitrário, ou seja, não há uma relação natural entre o significante e o significado.
(Fonte: criada por inteligência artificial)

Minha nova terapeuta me pergunta o que é ser mulher.
Cita Simone, que se torna mulher.
Nunca me fiz essa pergunta. Nunca quis ser mulher.
Sempre me pareceu que isso era um dado, a ser preenchido ou respondido.
É menino ou menina?
Sexo: feminino, masculino, outro.
Diante da brutalidade, sem me chamar de menina, ou de mulher, com sete anos de idade ou menos, em silêncio olhei em seus olhos. Para mostrar que eu não choro, não fujo, não havia a quem recorrer. Meu corpo estava machucado e doía, havia sido submetido à violência, eu havia sentido pavor, e, ao final, quando os canhões pareciam que haviam se cansado, eu ainda estava ali. Nada do que havia acontecido fazia sentido, e a única informação que me chegava, passada a tempestade, era que eu estava ali. E eu me levantava, me punha em pé, sobre meus próprios pés. Agora minha pele era outra, meu corpo era outro, e algo de mim mesma ali havia ficado para trás. Alguém ali havia morrido, mas eu estava viva. Apenas olhando em seus olhos. Em silêncio. Até que a brutalidade acabasse. E sem saber se ela acabaria. Sozinha.
Eu não sei se isso é ser mulher. Mas é isso o que me vem como resposta a essa pergunta.
E isso é o que me faz caminhar quando todos me pedem para parar.

Estou dando entrevista, sobre meu livro.
De novo, a mesma pergunta, de outro entrevistador:
— O livro parece uma autobiografia e está classificado como ficção. É ficção ou autobiografia?
— Ficção — respondo de novo. — O que me levou a escrever este livro é justamente fazer a separação, a dissociação, entre o que em mim é ficção e o que sou eu. É ficção, meu amor.
O repórter sorri, e me pergunta:
— E quem é você?
— Esta pergunta, meu querido, é justamente o que me fez dissociar, anos atrás. O que me deu um diagnóstico. Psicose. O que me fez tomar remédio. Ir ao psiquiatra. O que me fez me perder de mim mesma. Eu sou quem está aqui, diante de você, neste exato e preciso momento. Laura. Cinquenta anos. Escritora. Terapeuta. Sessenta e três quilos. Um metro e sessenta e quatro. Moro na Vila Buarque. Tenho um filho e uma cachorra. Um pai e uma mãe. Irmãs e irmão. Virgem com ascendente em Peixes. Só isso.

Talking to my new mom

Mom, I really hate him. I feel like a teenager, and I'm almost fifty. What did he do with my head? He is here, almost all the time. And he is not here. Now I can't even listen to a song without thinking about him. He's crashing my private party. It sucks.

Baby, you're young now. Just accept it. It's nice to be old and young. We, the old ones, really need your company and your brand new brain. Otherwise, it's just death on the horizon. Be young, be passionate, be you. I'm here for you.

Mom, I really wish he was dead right now. Just because he is not here. He doesn't talk to me. He doesn't answer my messages. He doesn't call me back. It's so humiliating.

Baby, you know nothing about him, the real him. He used to be your therapist, as you are. Now this cycle is ended, and I believe he is doing the right thing. You know...

But still, I believe he loves me. And if I love him, and I'm an adult, why doesn't he call me? He knows, mom, he knows me. And I don't need to know him to know I love him.

Baby, really? Do you want to date somebody that used to know everything about you when you knew almost nothing about him? I think you want to date your dad, or even god.

And what's wrong with that, mom? God, dad, or just a man, I want him around. And maybe what I really want is a sugar daddy. With my age, of course. Sounds like perfection to me.

... Baby, I don't know who raised you to be so spoiled. But I really love you. What can I say? Go for it. You've already told him how you feel. It's done. I believe he now has the right to decide whether or not he wants to be your sugar daddy. Maybe he doesn't, my sugar. Can you stand this answer? Or maybe yes, and this may be the worst answer for you. Because then you will have to be responsible. Eros will reveal his real face. Are you ready to see the unknown?

... Mom, are you trying to scare me? Because, if you are, you've succeeded. What do you mean by seeing the unknown?

Go to bed, sweetheart. Sleep on this. Tomorrow is another day, Scarlett.

Can we see this movie now? It's my favorite, you know.

Maybe another day. It's late, and I don't wanna be bossy, but you need to figure out how to make money, to get your career back on track. He didn't talk to you, so... Go for money, baby. A broken heart could be a very nice excuse to change the world.

Mom, I can change the world with a very whole and spoiled and happy and satisfied heart. I never wanted to be a hero. It's so your generation! Mine wants to be happy for free, no sacrifices involved.

Ok... now just sleep, my sweet baby.

Olhando o abismo mais de pertinho.
Releio o que escrevi sobre meu encontro com minha paixão que durou vinte anos.
E me lembro da declaração de amor que fiz a ele, certa manhã, depois de sonhos fluidos, bonitos e tranquilos.
Estávamos deitados, vi seu rosto dormindo depois de uma noite de amor. Desci pelo seu pescoço, seu peito e braços, cheirava o corpo que, dormindo, ainda era meu. Logo mais o dia chegaria e iria nos atropelar, com seus horários e obrigações.
Desci um pouco mais pelo seu corpo, para ficar ao lado dele, que estava descansando. Disse a ele que era com ele que eu podia contar. E que era ele quem eu amava de verdade. Que era ele que me consolava de tudo que eu precisava aguentar para estar com ele, e que dormia lá em cima.
Disse com humor, porque estava mesmo de bom humor.
E que ele era quem me salvava de mim mesma. Medos, inseguranças, dores. Ele estava ali por mim, como um guardião, e eu era grata.
Beijei-o. Nos tocávamos, e ele respondia. Sua pele era macia, falava comigo, permitia intimidade. Por algumas horas da noite, e de manhã logo cedo, ele estava ali por mim. Sua gentileza me falava direto ao coração, e eu estendia minha gratidão ao restante do seu corpo. Porque ele sabia como agradar e dar prazer ao meu corpo. Sem palavras, que podiam estragar tudo. Em silêncio, de manhã, pro dia nascer feliz.
O que fazíamos ali, de manhã, poderia fazer uma nação inteira se livrar da miséria de ter que se levantar e ir para o trabalho, onde nossos corpos teriam que se submeter a horários marcados, tarefas sem sentido, gente sem corpos. E isso que acontecia ali, entre nós, em segredo, me faria ir trabalhar mais feliz, mais inteira. Nosso amor fazia valer a pena qualquer sacrifício.

Seu dono, que me olhava lá de cima, com cara de sono, sorria ao ouvir minha declaração de amor. Fazia a mesma cara que meu pai, quando me via contente, e parecia me dizer o mesmo que ele me dizia nesses momentos, quando eu dormia até tarde ao invés de acordar no horário para ir trabalhar: você não tem jeito não...

Eu sabia que logo logo ele iria acordar e estragar tudo. E que nos amaríamos por alguns momentos, quando então eu rezaria para que seu dono não falasse ou fizesse algo que iria machucar o que havíamos vivido ali.

Uma maldição da qual era inútil fugir. Mal chegamos ao chuveiro, e ele me fala de uma mulher no trabalho que parecia estar a fim dele. *What the fuck?*

Meus olhos viram para cima, para tentar encontrar meu cérebro, e buscar resposta no catálogo de coisas para dizer quando você quer matar alguém. Nada. Não havia resposta a um comentário desses, a não ser a primeira que havia surgido: mulher, só mata, vai. Eu não matava, porque queria guardar seu corpo para a próxima oportunidade de encontro. Lá fora não era fácil achar alguém assim, e eu havia tentado. Me sentia prisioneira do amor. Estava presa a um corpo que me entendia, cujo portador era capaz de dizer algo tão estúpido tão rapidamente. Um portador que não sustentava a nota de uma música tão bela.

Pequenos abismos, com asas para voltar.

Mário

Gostaria mesmo que você morresse. E fico pensando em maneiras de te matar. A raiva que sinto consome meu cérebro e meu estômago. Eu realmente sinto nojo de você agora.

Pensei em te dizer isso diretamente, mas como encontrar um covarde? Vale a pena pegar um avião e ir até a merda da cidade em que você mora? E, se eu for, esta raiva que está aqui se sustenta até chegar em você, para poder vomitar na sua cara o ódio que dá ter a mente colonizada por um ser abjeto como você? Duvido de mim mesma. Sabe o que é querer se livrar de um verme que se apossou do seu corpo sem a sua permissão e não encontrar meio de extirpar você de mim? Um verme, que se esconde, escorrega, e cuja presença eu sinto, ainda que tão mínima. Faz um estrago. Um parasita maldito.

Eu não quero me machucar no processo de arrancar você de mim. Você não merece uma gota de qualquer líquido que possa sair de um corpo, sangue numa cirurgia, vômito, lágrima ou até mesmo uma gota de saliva que possa sair da minha boca na hora de poder dizer na sua cara o tanto que te desprezo.

O ódio de, depois de uma noite agradável, saber que seu nome toma conta dos meus pensamentos como uma sombra maldita. Seu nome e promessas que faço em seu nome. Confesso que sou eu que monto castelos das peças coloridas de lego que você foi jogando para mim desde que tive a desafortunada sorte de te conhecer. Castelos que invadem uma experiência de beleza. E eu amo a vida, seu filho da puta, porque eu amo o belo. E esses castelos surgem, cruzam, invadem a beleza. O que é belo se torna triste, diante de promessas que eu inventei, sim, a partir das suas mentiras. Não sou a única culpada. Mas sou eu quem pago sozinha.

Seu rosto, graças a Deus, está diminuindo. Uma memória que parece que desaparece, mas volta, e, ainda que pareça que volta como um átomo, volta revoltando o que aqui está e faz questão de ter posse de cada centímetro do que é meu, e de mais ninguém. Imaginar encontrar alguém novo, acreditar que a vida pode se renovar num encontro com um homem que pode ser melhor que você apenas por estar disponível, e saber de antemão que ninguém vai conseguir chegar até mim com você como um maldito guardião de um cemitério vivo.

O ódio de se sentir escrava da merda de um amor que não existe, nunca existiu, e por um motivo inexplicável parece mais presente do que qualquer outra possibilidade amorosa. A vida trancada com a chave na mão de um idiota, um estranho, alguém que não tem o direito de tirar a minha liberdade.

Imagino que estou diante de você, e ponho eu a mão no seu coração, para poder esmagá-lo com a força dos meus dedos. Não se trata de tortura, porque eu sinto nojo de você, e não gostaria de estender o contato diante de sua presença que me faz rosnar e fechar a cara. Mas seu sangue em minhas mãos me daria prazer. A cor do seu sangue nas minhas mãos. O cheiro de ferro. A certeza do fim.

E eu adoraria ver sua cara de dor, sua cara de idiota, antes de ver seu corpo morto diante de mim. Faria questão de chutar seu corpo morto, apenas para me certificar da impossibilidade de que você pudesse falar mais alguma palavra falsa, nojenta e ensaiada, ou lançar seu olhar superior, ou rir com escárnio da dor de outra mulher. Eu adoraria ver que fui eu que te matei.

Na mitologia grega, as Fúrias eram três deusas vingativas que puniam os mortais pelos seus crimes. Eram também conhecidas como Erínias.

Quem eram as Fúrias?

- Alecto, a mais furiosa, que punia a ira, a ganância e a soberba.
- Tisífone, que punia o castigo, e vigiava os condenados no Tártaro.
- Megera, que punia o rancor, e vingava os assassinatos.

Como eram as Fúrias?

- Eram descritas como mulheres com asas e serpentes no lugar dos cabelos.
- Portavam chicotes.
- Eram envoltas em nuvens de escuridão.
- Perseguiam e atormentavam as vítimas sem dó nem piedade.

O que puniam as Fúrias?

- Desordem social.
- Derramamento de sangue.
- Crimes graves, especialmente dentro das famílias, como o fratricídio ou o parricídio.
- Promessas.
- Maldições.
- Doença e loucura.

(Fonte: criada por inteligência artificial)

Encontro um homem velho na praça. Conversamos, ele fala inglês e eu preciso praticar mais, meu inglês vai e volta.
Ele é um homem bonito, com olhos claros como os do rei do norte. Frios e perigosos, enquanto se senta como um lorde, o corpo teso.
Parece mesmo um rei. Teve esposa, que morreu. Sua filha mora longe, não tão longe, não tão perto.
Enquanto converso com ele, me atento ao modo como ele parece me escutar. Naturalmente. Me parece que, de algum modo, esse homem aprendeu, ou nasceu sabendo, a escutar. E isso de ser escutada dessa forma me pega, me vejo querendo mesmo que ele me escute, embora nenhum esforço seja necessário para isso. É como se eu recebesse algo que eu nem sabia que queria e, ao descobrir que já o tinha, isso me fizesse seguir para ter mais, em vez de parar com o que já havia ganhado sem pedir.
Ele não quer falar de si, quer escutar. Muito embora sua vida e sua história pareçam incrivelmente interessantes. Eu quero saber dele, e aí o jogo inverte. Algo muda. Seus olhos.
Que antes eram simples olhos claros, azuis ou verdes, estão vivos de um modo diferente. E agora eu sinto medo. E desejo.
Há algo nele que me atrai, e que está em seus olhos. E isso que ali está é um convite a de novo se perder, mas é um novo lugar, isso eu sei. E a atração que sinto pelo novo é algo que é impossível para mim refutar, ainda bem.
Ao dormir acordada, sonho que sou devorada por ele. Despedaçada. Sua voracidade insuspeita, disfarçada de um homem velho.

Vergonha. Acordo e me dou conta do que falo quando falo de algo. O que realmente falo.
Ainda agora, nada escapa. Eu sou obrigada a rir. Não tem para onde escapar. Freud me pegou, e eu achei mesmo que pudesse ganhar dele.
Seu velho safado, te mando um beijo. De língua.

O professor de piano

A caminho da aula de piano, converso com o motorista do Uber apenas o necessário. Pergunto o que ele faz; trabalha em obras. Pedras. Seu ofício é polir mármore e granito. Se você não tem a técnica certa de polir, ele me adverte, elas ficarão onduladas e manchadas, como ondas no mar. O que não me parece uma consequência tão ruim.

Ele me fala de vários tipos de pedras: mármore carrara, granilite, granitos. Grandes, pesadas, belas, caras e perigosas. E me mostra o prazer que lhe dá fazer um trabalho difícil e bem-feito. E diz que isso não há dinheiro que pague.

Sinto sono, peço licença a ele, as palavras saem dele como águas, e eu estou me afogando ali. Durmo um pouco até chegar no meu destino.

Chego atrasada, sete minutos. O professor, que nunca responde, diz que tudo bem. Digo ao motorista que meu professor é calado. Ele ri e me adverte: esses quietinhos são os piores.

Dou risada, e concordo. Nós, que falamos aos borbotões, somos uns idiotas, não? Inofensivos cães que ladram.

Chego na casa dele, toco a campainha, e entro. Invado um pouco, não quero esperar do lado de fora. Ele vem cumprimentar, estendo a mão. Mano, tô ligada, você é perigoso.

Entro em seu quarto, onde está o piano junto com um arsenal tecnológico de computadores e equipamentos. E uma mulher, que imagino que pode ser sua namorada ou sua irmã, não tem como ter certeza. A cumprimento séria para esconder minhas reais intenções. Ela sai, tranquila. Eu tenho mesmo mania de grandeza. Graças a Deus.

Ele me fala que a lição número um é entender como funciona o instrumento piano. Observar as teclas, que se dividem em grupos de três e de dois. Primeiro, apenas os grupos de dois. E, ao chegar ao quarto grupo de dois, imediatamente à sua esquerda o Dó. Imediatamente à sua direita o Mi. No centro, o Ré. No grupo de três, na ponta esquerda o Fá. Na ponta direita, o Si. No meio, Sol e Lá.

É pra bater o olho e achar a nota. Sem precisar fazer uma sequência inteira para se encontrar. E numerar os dedos. Um a cinco.

Lição um: encontrar a nota certa no meio de tantas teclas.

Lição dois: você está tensa, eu posso ver. Relaxar os dedos. Você não exerce nenhuma pressão a mais, apenas a mínima necessária, e deixa que a gravidade faça a sua parte. De algum modo que não faz sentido, ou faz por alguma lei da física, a tecla vai empurrar seu dedo. Não é você que precisa se esforçar. O esforço aqui só atrapalha.

Eu o escuto e o vejo tocar. É mais bonito tocar assim. Minhas mãos parecem garras, para puxar cada tecla e tirar delas à força o que elas estão dispostas a dar de graça. É um modo de fazer música, ok. Apenas não é necessário, diz o professor, e pode me render uma tendinite por esforço de repetição.

Respiro. Isso que as pessoas me pedem para fazer sorrindo e que parece muito fácil eu costumo obedecer chorando. Vamos ver. Faço o exercício, e ele me diz “bonito”. E então me corrige. Está bonito, mas tá tudo errado? Repito, erro, ele fica quieto. E assim seguimos, silêncio de reprovação, elogio de aprovação. Alguns suspiros, meus e dele, de exasperação. Tipo: “Presta atenção, é contar até cinco, você consegue”. E, depois de ir, voltar. Pra depois ir de novo e, se conseguir, pode fazer isso até o final das teclas.

A aula termina, eu vou pra casa com promessas de treino de relaxamento. Ele me estende a mão, e eu lhe dou um beijo.

Para relaxar

Saio da aula de piano com a direção: relaxar mãos e punhos. Aproveito pra relaxar o corpo todo no Budha Spa da Higienópolis. Chego lá e me sinto não muito bem-vinda. Uma mulher que parece a dona do lugar me recebe com um senso de urgência que me deixa tensa. Resolvo tomar um chá indiano com mel, pergunto antes se posso pegar a xícara, e a mulher fala que vai me servir, estranha. Ok, me sento e bora relaxar, que a pessoa quer focar no que precisa fazer neste momento da vida.

Chega a terapeuta, uma mulher jovem e muito bonita, que me leva até uma salinha com uma música que eu amo, "Chenresie, flame of peace and compassion".

Tiro a roupa, ela faz massagem em meus pés com água morna. Me pergunta como estou e respondo que estou pronta para estar aqui. Um pedido para relaxar minha mente que não para há alguns meses. Tipo: não para! E ali a esperança de achar o tal do aqui.

Deito na maca quente de cabeça pra baixo, enfiada num buraco para respirar.

E então a mente vai loooonge. Começa a descrever cada sensação de prazer, algo como que delícia esta mão na minha omoplata. Como é bom ser tocada assim. Sou um avaliador secreto de restaurante gourmet, disposto a descobrir se aquela massagem vale três estrelas Michelin.

Chato! Peço pra ele parar, e dou risada ao mesmo tempo. Para de comentar, dá pra só curtir, meu querido? Sim, está mesmo muito bom. Sim, é meio inédito eu estar ali elogiando tanto o trabalho bem-feito de outra mulher em meu corpo. E, sim, é muito bom estar ali, passiva até a morte, e me sentir tão mimada e cuidada e com tesão. Mas a ideia inicial era calar a mente, que ficou mais excitada que um torcedor apaixonado por futebol vendo seu time ganhar de goleada. Daqueles torcedores chatos que gostam de descrever a cena, os detalhes técnicos, as regras do jogo e a história gloriosa do time do coração. Enfim...

A terapeuta pede para eu me virar. E, quando flipo, o disco muda. Me lembro de um crush, o que andou massacrando meu coração com seu silêncio, e sinto meu coração falar, não mais a minha mente.

E ele agradece. Fala da sorte de tê-lo encontrado nesta vida. Diz que sente muito por ter lhe desejado mal. E que na verdade deseja a ele uma vida repleta de felicidades. *Joy*.

Chama-o de joia. Um homem que é também um tesouro, e reconhece a sorte de ter podido me apaixonar por ele. E digo que agora eu posso vê-lo voar, você merece o melhor. O que você quiser. Toda a alegria possível nesta vida.

Me emociono. E o deixo partir, porque ele está aqui, no meu coração. A impressão que deixou aqui me faz feliz, me faz me sentir plena. Uma sensação estranha de alegria, tristeza, finitude. E beleza.

A terapeuta me acorda da viagem e me chama de minha flor. Pergunta se estou bem, digo que sim, e dizer que sim parece tão pouco.

Vou pra casa, sem pagar a conta da terapia. Havia dito no WhatsApp que a massagem já estava paga, e não me dei o trabalho de ver a resposta, de que meu voucher só valia na unidade Perdizes, e não ali. E no dia seguinte, ao receber uma cobrança sutil, entendo por que a dona da clínica parecia tão estranha.

A escápula, espádua ou omoplata é um osso grande, par e chato, localizado na porção posterossuperior do tórax que, juntamente com a clavícula, forma a cintura escapular ou espádua, permitindo a união de cada membro superior ao tronco. É classificado como osso plano (chato) e tem uma parte translúcida.
(Fonte: Wikipédia)

Por que mesmo eu quis puxar você para o lado de cá?
Se do outro lado estava perfeito?
Tentei, com garras de águia e coração de leão. Impossível. E eu bem que quis.
Você vem de lugar nenhum e é sorrateiro. Irresistível.

Casa nova, em janeiro

Gosto quando a vida coincide com o calendário.
Fui dormir num cemitério antes de acordar para a mudança.
Seis da manhã e o dia chegou. Com sol. Assim como Conceição, que vem me ajudar com a faxina.
Ponho música e é quase impossível não dançar a casa velha que acolheu minha loucura e meu tesão de estar viva, confusa, perdida e achada.
E então... Briga com os diversos estágios para chegar no novo lar, tão perto, tão longe, no mesmo prédio. Do segundo para o sexto andar. Sem poder entrar, mil aplicativos para baixar, um prédio sem portaria e com robôs que te pedem para digitar números em menus que terminam exigindo ajuda de um ser humano. Que te informa o protocolo de atendimento e faz esperar numa fila virtual. Até chegar num atendente que te chama de Lá e diz que vai te ajudar para te largar no vácuo. Caramba, por que escolhi morar aqui?
Recolho os lençóis para lavar, e descubro que uma barata estava dormindo comigo há algum tempo. Do meu lado, embaixo do lençol. Se bobear, com a cabeça no travesseiro ao lado. Talvez a gente até tenha sido felizes, juntinhas.
Dou um grito que sai muito mais baixo que o esperado. Às vezes uma barata é apenas uma barata. A bichinha jaz agora, *let her go*.
Até que vamos almoçar, com a minha face devidamente cadastrada no sistema. E aproveito para comprar cabides de veludo preto. Um espelho grande, para descobrir quem eu sou de verdade, e tentar sair do narcisismo primário para o secundário. Minha terapeuta me revela que ando repetindo de ano na escola da vida. E um cesto de roupa suja amarelo, com uma girafa no fundo.

E na volta o prédio parece outro. Reparo no chão, nos detalhes do acabamento, e vejo que fiz a melhor escolha possível. Me sinto afortunada. Do nada, tudo muda.
Ponho uns sertanejos e pagodes dos anos noventa para tomar café com Conceição. Mando fotos para o grupo da família.
Estou em casa.
Cheia de pendências para resolver no mundo dos atendentes virtuais sedutores e evasivos e robôs burros. E feliz como uma menina que ganhou o Barbie Home Sweet Home.

Durmo a primeira noite na casa nova fora de casa.
Esqueci a senha e o celular dentro dela.
Por sorte, estou perto da minha madrasta, que me recebe com comida boa e um sofá quentinho, o mesmo onde meu pai dormiu nos seus últimos meses aqui.
Acordo de madrugada, assustada porque esqueci de pagar a fatura do cartão de crédito. Mais juros, e estou cansada de pagar.
E me lembro de quando eu deixava chocolate para meu filho, em cima da mesa, ou dentro do armário, para que ele encontrasse. Como um coelhinho, ele recebia os doces e seu obrigado era simplesmente comer. Era assim entre nós, e a saudade que sinto de morar com ele. Sinto tanta falta de nossas delicadezas.
E sei que ele está maior agora, longe de mim, mais perto do pai.
E me lembro de quando não quis dar um presente para um homem velho. Havia comprado um colar tão bonito para mim, centenas de contas amarelas, pequeninas, que davam voltas no pescoço. De um grupo de indígenas que estavam em Brasília.
Quando soube que na verdade havia comprado pra ele, fiquei triste.

O homem velho havia anunciado para todos nós que aquele era o canto do cisne. Ia morrer. Havíamos nos reunido num simpósio apenas para poder estar com ele. A notícia me pegou, e eu olhava em volta e parecia que ninguém havia escutado o mesmo. Gente, ele vai morrer. Vocês entenderam? E, se sim, por que parece que só eu choro aqui?

À noite, fui pra varanda do hotel chorar sozinha e brigar com a vida. Então demoro tanto para encontrar um pai e você me tira ele? Estava puta. Uma amiga chega e me abraça, e me fala que é mentira, ele não ia morrer nada. Essa amiga é doce, e capaz de dizer qualquer mentira que eu precisasse escutar para poder seguir sem ele.

No último dia do simpósio, tenho que deixar o colar com ele. Era dele, o que eu podia fazer? Peço para um anjo entregar em meu lugar, não entrego presentes para quem eu amo assim, frente a frente. Vou de lado, se possível disfarçada, mas quero sim saber se recebeu.

Ele recebe, me diz que é bonito, e me pergunta se quero de volta. Como pode? Ele sabe que eu o queria pra mim? E o agradeço sem querer, ponho minhas mãos à frente dos meus olhos apenas para me proteger.

Faz anos já que ele partiu. E parece que passei os últimos anos insistindo numa relação com um fantasma. E quando resolvo que não o quero mais, porque parece que ele nunca me quis, me lembro dele e me sinto nua. Depenada. Me encolho para voltar a dormir, e me pergunto: qual o sentido de amar?

Competição

Quero voltar a fazer algum esporte. No último fim de semana, jogar queimada na praça foi delicioso, mas preciso de exercícios regulares para deixar de ter bunda mole.

Me lembro de quando me apaixonei por aulas de step. Cheguei na classe na Runner, de Higienópolis, e, míope, coloquei meu step na frente do professor. Pra poder enxergá-lo melhor, Chapeuzinho.

O que eu não sabia é que havia já todo um ecossistema formado naquela aula, onde um grupo de mulheres coreanas, precursoras do K-pop, é quem tomava as fileiras da frente. E me expulsaram para meu devido lugar: no fundo da sala. Eu que lutasse para enxergar a coreografia.

Ser expulsa pelas coreanas acendeu meu fogo da competição, que no caso era fazer do meu jeito, sem precisar decorar os passos, já que eu já não estava enxergando nada mesmo.

E me divertia ali, enquanto ganhava músculos sem esforço. Seguíamos, eu e as minhas inimigas coreanas, esse professor em qual unidade ele estivesse. Tatuapé, Moema, Indianópolis, não importava. Meu namorado da época perguntava por que eu tinha que fazer aquela aula com aquele professor, e por que eu dava a volta na cidade para ir atrás dele, e eu sabia que ele nunca ia entender.

Fazia a minha própria coreografia, emulando a dele na medida do possível, e sorria a cada volta. Emulando seu sorriso também. Competir pra mim era ir e voltar na contramão do grupo, não aprender nunca o contratempo e desistir de aprender, apenas tomando cuidado para não destoar muito do restante da sala, para terminar no tempo certo.

E o professor vinha dançar comigo, no meu step. Acho que por ver que eu estava improvisando e me divertindo. Ou por ver que eu precisava de ajuda extra para acompanhar os passos. Não importa.
E então, neste momento de glória, meu barco desandava. Ter ele ao meu lado desalinhava todos os meus chakras. Era muito o que eu queria para ficar em paz com isso.
Até que um dia cheguei na aula e meu step estava na frente, reservado. As coreanas me sorriam com malícia, e diziam sem dizer: *It's yours, you own it*!
E parei de frequentar aquelas aulas.

Vou dar uma volta com minha cachorrinha de madrugada. Estou só o pó, preciso dormir, mas minha perra precisa de matinho quando passa mal, então bora.
E nessa hora penso de novo nele. Quando disse que precisava de sua ajuda, ele me respondeu que não era a melhor pessoa para me ajudar neste momento. Suas palavras ecoando como um mantra do inferno.
E esse não tão simples e até educado fica me remoendo. Eu já não sei de quem sinto mais raiva, de quem diz não ou de quem não aceita o não.
Antes de entrar no prédio que não precisa de chave, um homem se aproxima. Pelo jeito que desce do carro e se move, parece bêbado. Ou cansado, não dá pra saber ao certo. Eu entro no primeiro portão, ele entra junto. Pergunto se ele é morador, e espero algum tipo de identificação. "sou..." Parece bêbado.
Falo pra ele abrir a última porta com a face. Ou prova que mora aqui ou ele não entra. Minha tolerância para tentar adivinhar o

que se passa na cabeça do outro foi pro saco. Ele bota a face e a porta abre. Ok, é morador, sem expulsão. Entro no elevador e ele fica no corredor. Dou graças, meu humor não está muito bom. Volto pra casa, preciso dormir e encontrar um bom veterinário. Meu bebê peludo está com manchas vermelhas no corpo que eu nunca havia visto antes.

Até que logo cedo ela me pede outra volta pra caçar matinho. Eu só queria dormir mais uma horinha. Nessa hora, penso em como seria bom ter um namorado, ou um marido, que pudesse revezar as voltas com minha cachorra. Tipo vai você, eu fui horas atrás, agora é sua vez.

E até que essa última volta foi melhor que a primeira. Descobri o que não quero e o que quero.

I have to praise you like I should

Me lembro de quando pude estar com ele a sós, um dia antes de ele morrer. Aquele encontro foi por mim desejado por toda uma vida. Sua esposa havia me pedido para convencê-lo a não se matar. E saiu de casa com minha irmã.

Olhei para ele e perguntei: "Pai, você quer morrer?"

E vi uma criança em seu rosto. Nunca havia visto ele tão belo.

Eu quero o mesmo que você.

E disse a ele, em vez de eu te amo, o que eu nunca havia dito a ele, o quanto senti raiva e sua falta.

Ele me disse que o único arrependimento que tinha era o que ele tinha feito a nós.

E que tinha orgulho de mim. Porque eu havia conseguido sozinha.

Eu estava num momento horrível na vida. Me sentia um fracasso em tudo: no amor, na carreira, na maternidade. E meu pai disse que sentia orgulho de mim.

Disse a ele que eu não havia feito nada sozinha. Que eu tive pai e mãe.

Ele me pediu para cuidar da sua mulher e da minha irmã. Eu disse que seria difícil para nós, e que sim.

Por décadas, eu havia imaginado que um dia estaria sozinha com ele para jantarmos juntos, só nós dois. Ou dançar uma valsa. E foi assim nosso momento a dois, íntimo.

Sentia a morte tão perto naquela sala. Pedi a ela que a dor passe. Que não havia sentido, que o levasse logo. E, se a questão era pagar algo, que botasse na minha conta.

Nessa hora, em que conversava com ela em silêncio, ele me olhou com raiva, como se tivesse me escutado. Ele nunca havia me permitido pagar uma conta. Muito menos a sua.

E assim éramos nós: brigamos até o último minuto.
Ele pediu que fôssemos embora. Obedeci, e quis ficar no corredor, do lado de fora, sem que ele soubesse, mas perto dele até o fim. Foi meu irmão que me olhou nos olhos e me mandou ir para casa.
Em casa, liguei para um médico especialista em cuidados paliativos. Pedi a ele um remédio para a dor. Ele foi gentil, me escutou de verdade, e disse que ele deveria ir para um hospital. Que provavelmente estava com uma hemorragia. E que depois seguiríamos com o remédio.
Assim que desliguei, recebo a notícia de que ele havia aceitado ir para a Santa Casa. Fui dormir para poder vê-lo no dia seguinte, após a cirurgia.
No dia seguinte estava trabalhando no computador quando vi meu pai, velho, mais de noventa anos, tocando piano. Nós todos estávamos em volta dele. A imagem mais linda e doce que eu poderia conceber, na sala de minha casa. Eu soube ali que ele havia morrido. E que aquilo que eu via poderia estar acontecendo, em outra vida ou outra dimensão, isso que a física explica e eu não.
Fui carregada por essa visão para o hospital. Antes, peguei papel higiênico e água para minha madrasta.
Aquela mulher gigante me encontrou na porta da Santa Casa. Ela estava desabando, eu queria ampará-la para que não se machucasse na queda. Disse a ela que estava tudo bem, que ele estava bem.
Os médicos vieram ao nosso encontro para dar a notícia assim que chegamos. Estavam de branco, eram todos mais jovens que eu, e pareciam anjos. A tristeza em suas faces, o medo de contar que ele havia partido assim que recebera a anestesia. Que eles não entenderam o que tinha dado errado, era para ser uma cirurgia simples.

Eu os agradeci por terem estado com ele. Meu pai morreu na mais fina companhia.
Pedi a eles para ver seu corpo. Eles falaram que não era permitido pelas regras do hospital, mas que o necrotério era no subsolo.
Descemos, eu e minha madrasta.
Toquei os pés de meu pai e o agradeci.

Defeated

Acordo e descubro que tudo que eu queria era uma valsa.
Que movi terra e mundo, que fui ao inferno ter com o diabo,
que briguei, matei, iludi, que traí, que acusei, que gozei.
Apenas por uma *fucking* valsa.
E falhei.
E agora eu choro como ela.
Exatamente como ela.

Deixo pedrinhas pelo caminho para que João e Maria não se percam.
É um ato de compaixão, é para tornar o jogo mais divertido,
ou é apenas para dizer que eu avisei, caso eles se machuquem?

Minha cachorra está com um tumor na coxa esquerda e com coceiras. A veterinária, prima de uma amiga da praça, vem em casa e é especialista em dermatologia.

Faz punção no tumor, e minha amada está com medo. Coloco sua cabeça entre minhas pernas e a encho de beijinhos. Uso os barulhos dos meus beijos para distraí-la da possível dor.

E tenho que fazer um diário, para descobrir o que está gerando a alergia ou seja lá o que for que machuca sua pele e faz ela se lamber e se coçar.

Tiro o sábado para fazer o diário. Ela parece que sabe que toda minha atenção é pra ela e fica insuportável. Manhosa. Fica quietinha e se deita. Faz a cara da princesa Diana, quando ia dar entrevistas e dizer que sofria pelo príncipe Charles. Quando na verdade estava correndo atrás do filho do milionário. Mulher, Charles ama Camilla. Aceita que dói menos.

Meu trabalho, segundo a veterinária, é ver e não interferir, apenas anotar.

Ela se lambe quando estamos em casa, as duas. Muito.

E se lambe menos quando saímos. Fomos comprar travesseiro e uma cobra de tecido grosso para não entrar baratas em casa. Zero lambida.

Vamos à praça ver outros cachorros. Zero lambida.

Vamos almoçar com amigos. Uma lambida aqui, outra ali.

Voltamos pra casa, cansadas. Uma lambida antes de dormir.

De manhã, ela está no pé da cama. Tranquila.

Vou pra varanda fumar. Ela se deita na minha cama. E se lambe como se não houvesse amanhã.

Fica o enigma: o que faz minha cachorra se lamber tanto?

O cuidador

O último homem que morou comigo não era tão bonito, mas parecia disposto a cuidar.

Eu transava com ele, o cuidador, pensando no último antes dele, o traidor.

Eu sou um macho escroto.

Batia nele sem dó. Queria submetê-lo ao meu poder. A casa era minha, eu ganhava mais dinheiro que ele. Queria que ele estivesse disponível vinte e quatro horas por dia, com um sorriso, flores e doces. Ele me servia café na cama. Me levava aos melhores restaurantes. Nenhum presente era suficiente. Eu brigava e xingava. Queria machucá-lo fisicamente. Achava o sexo com ele ruim, e dizia que iria buscar fora o que eu não tinha em casa.

Ele era chato. Falava demais, não sabia quando parar. Fazia cara de princesa Diana quando ia dizer que me amava. Era filhinho da mamãe. Tinha mania de limpeza, inclusive quando o momento pedia sujeira. Não precisava trabalhar, porque era herdeiro. De um império em decadência. Me acusava de ser machista por não querer sustentá-lo.

Essas são as recordações que ficaram, por minha escolha.

Falo dele para me livrar dele. Sem redenção.

O traidor

O traidor era casado. E era delicioso. Bonito, quente e bobo. Trabalhávamos juntos. Ele vinha até minha sala para mostrar capas. Eu as revisava. Achava seu trabalho medíocre, e o elogiava apenas para ver seu sorriso, que era lindo. Sozinha, pensava nele e o chamava de menino bonito.

Ele vinha e vinha e vinha até mim. Eu ficava sem graça, todo mundo da sala podia ver o que acontecia ali. Minha estratégia era negar até a morte enquanto me divertia.

Um dia, me chamou para uma festa. Festa, mais gente perto, sem perigo. Fui com uma amiga. Num prédio ali, na rua das Palmeiras.

Estávamos juntos e separados, e ele parecia me tratar como um troféu para seus amigos, que conheciam sua mulher.

Hora de ir embora, me despeço, ele me oferece água. Com o rosto cheio de malícia, me pede para tomar água antes de ir. Há algo nessa água, ele diz loucamente sem dizer.

Eu bebo, loucamente e com medo. O que quer que tenha nesta água é veneno, e eu quero.

Minhas pernas não me obedecem, e eu não consigo ir embora com minha amiga. Ela me repreende com o olhar e vai sozinha. Eu fico.

Digo a ele que estou estranha, que meu corpo está perdendo os movimentos. Ele me leva para o quarto.

Me joga nas roupas dos outros convidados. Tira a minha roupa. Me beija e diz que tudo vai estar bem.

Eu sinto prazer e alívio. E pavor. Tudo junto. Grito por socorro. Grito de prazer. A porta está entreaberta, a sala cheia. Ninguém vem me ajudar. Ainda bem, eu estou perdida.

Ele me beija o tempo todo, para me assegurar de que está tudo bem. E, ao mesmo tempo, faz o que ambos queríamos e pedíamos nos últimos meses.

Vou embora confusa, chego em casa e ligo para meus dois melhores amigos, o Pai e a Mãe. Para uma, digo que tive uma noite incrível. Para outro, digo que estou bem.

Depois dessa noite, viramos amantes. Foi a relação mais doce e prazerosa que tive. Terminei com ele depois de um ano, nunca tive coragem de pedir a ele para se separar, e me separei dele com ódio. Sabia que não era um homem confiável.

Meses depois, estava namorando o cuidador. E ele se separou para se casar com a prima do meu namorado. Tudo família.

Veio até mim

Quem deixou me olhar assim?

Não pediu minha permissão

Não pude evitar, tirou meu ar, fiquei sem chão

...

Cai na dança, cai

Vem pra roda da malemolência

(Céu)

Você me jogou pra cima, para cair na lata do lixo.
Eu sei que um dia te darei graças.
Hoje, eu nunca vou te perdoar.
Na boca, amargo.
É apenas amargo nos olhos, no cérebro, na raiz dos dentes, no nariz.
Eu aguento amargo, meu amigo. Eu até gosto desse sabor.
E eu vou passar. Não pense que eu não aguento.

Pulso mesma linha neutra queda natural
Dedos caem, peso da gravidade
Postura
Leveza
Ataque preciso
Rigidez atrapalha
Limpar os movimentos desnecessários
Precisão
Preservar só o necessário
Minimalismo
50 bpm pra começar
O metrônomo é chato, vai entrar na sua cabeça,
até se tornar seu melhor amigo
1 pra 1
1 pulso pra 1 nota
Tem como não gostar de aprender piano?

Evito escrever hoje.
Acordo com saudade do meu pai.
Posto uma foto nossa, juntos.
Canto para ele.
Estou feliz.
Nem quero fazer nada para não mexer no meu estado.
E o dia segue com a notícia de que o tumor da minha cachorra, aparentemente, é maligno.
Precisamos da resposta da veterinária oncologista.
E o dia muda totalmente, de novo.
E eu me pergunto até quando vou seguir assim.
Flipando.
É isso a impermanência?
Que porra é essa?
Estou de um jeito que nem consigo definir.
Só não quero que minha cachorra sofra.
Que se foda esse papo de aceitar o sofrimento e a alegria do mesmo jeito.
Qual a chance de eu não ficar como estou diante da notícia de que meu cãozinho, que é o melhor ser que já cruzou a minha vida, estar com a merda de um tumor na coxa esquerda, e que o prognóstico é cirurgia e eletroquimioterapia?
Estou PUTA.
Que se foda!
Vai tomar no cu, vida do caralho. Vai se foder!
E a impotência, esta sim, não a merda da impermanência, é o que me toca agora.
A MERDA DA IMPOTÊNCIA.
Eu posso dar um jeito e pagar os custos de seja o que for.
Eu posso dar os remédios e ficar com ela.
Eu posso cuidar.

MAS EU NÃO POSSO EVITAR QUE A MINHA CACHORRA SOFRA.
E isso me enche de raiva e revolta.
VIDA, VAI TOMAR NO CU, SUA FILHA DA PUTA.
É isso o que sinto vontade de dizer agora.
Namastê o caralho.
Eu quero que o mundo se exploda.

Mom

Acordo triste, desamparada. Minha cachorrinha está bem; de fralda, dorme.

Conto pra uma amiga o que houve, ela me diz que vai me ligar em cinco minutos.

Me vejo pedindo ajuda a uma amiga que é muito ocupada. Quero e não quero falar com ela. Digo que estou mal mas estou bem, que podemos falar outra hora.

Ela liga. Me diz que cachorros são assim mesmo. Que vários passaram por isso e estão bem. Que pior seria se ela estivesse na rua, sem ninguém. Que eu não estou sozinha.

Relaxo. Vou dormir. Durmo vinte minutos e ela me liga pra perguntar se o que ela disse ajudou, porque ela achou que não, porque ela também se desespera nessas horas.

E me diz que perder a irmã a fez se sentir no buraco, mas quando ela se levantou soube que era forte, e podia seguir.

(A irmã dela havia se matado, um tempo atrás.)

Foi tanta coisa que recebi nessa conversa que escolhi não analisar. Só receber.

E recebi das mulheres carinho, atenção, cuidado, apoio. Minha madrasta, minha cunhada, minha irmã, minha tia. Minhas amigas. Todas comigo, me pedindo calma e força.

Porque eu já estava querendo ir atrás com raiva das últimas veterinárias que trataram minha amada e da veterinária que nem havia chegado.

O que recebo, o que dou.

Escolho não analisar, e dar o que dou. E receber o que recebo.

Mãe. De novo.

Sonho. Pesadelo.

Estou na casa de Maria, minha ex-terapeuta. Uma casa grande, estou na cozinha. Estou lá, e não sei por que estou lá. Ela não fala comigo, me trata como se eu não estivesse lá, e como se só eu soubesse que estou lá.

Quero fazer um bolo para ela, na casa dela, com os ingredientes dela, que não sei onde estão. E sem falar com ela que quero fazer, pois quero que seja uma surpresa, e quero que ela fique muito feliz com o bolo que eu estou fazendo para ela. Ela nem liga para mim, ou para o bolo. Ela nem me vê. Agora eu sou o fantasma.

Tira um peixe assado do forno, que talvez seja para eu comer, e eu não gosto de peixe. Está falando com alguém no telefone, em inglês, que eu não sei quem é. Eu não sei mais o que estou fazendo, a não ser querendo ser querida, querendo desesperadamente, e sem dizer nada, que ela me quisesse na casa dela, servir algo para ela, ter o amor dela, numa casa grande, que não é a minha.

Sinto nojo de mim mesma, e me pergunto como pude ir tão baixo, e para que fiz isso comigo mesma. Me lembro do nojo que meu corpo sentiu, da repulsa, e de como duvidei de mim mesma, por querer estar com ela, ser especial e querida por ela. Sinto enjoo. Sinto nojo. Protejo meu corpo e quero me limpar disso, que me é repugnante. Como posso deixar de querer fazer isso comigo mesma? Como posso ainda não confiar em mim mesma diante dela? Sinto nojo de mim mesma. O que eu sinto é nojento. Pensar que pude fazer isso comigo mesma é nojento. Saber que ela sabia, ela sabia, é nojento. Ela tentar se proteger de mim é nojento. Tudo que ela sugere de ruim em mim é nojento. Tudo que ela adivinhou que eu poderia fazer de ruim contra ela é nojento. Continuar acreditando no que ela acha que eu sou em vez do que eu sei que eu sou é nojento. Todas as acusações, tudo o que eu acreditei no que ela achava de mim, e não no que eu sentia, é nojento. É nojento não ter me defendido dela quando eu pude. E esperar, esperar que ela me reconhecesse como a boa menina, é nojento. Toda essa relação que eu tive com ela é nojenta. Me enche de nojo. É nojenta. Me enche de nojo.

Eu sinto vontade de me limpar, de tomar banho, de vomitar, de esquecê-la, de não lembrar sequer que eu a conheci. Eu sinto nojo. É repugnante. Eu odeio tudo que eu sou quando estou perto dela.

De novo no Budha Spa, massagem.
Desparasitação.
Puta. Sorrio.
O cuidador me chamava de chula.
Eu o chamava de impotente.
Meu querido, para chegar a ser puta, você precisa crescer.
Rise up!
Viro na maca.
Mãe mãe mãe mãe mãe mãe mãe mãe mãe mãe
Minhas pernas são massageadas. Não sinto dor nem prazer.
Mãe mãe mãe mãe
Meu corpo é lindo, mãe. Às vezes me olho no espelho e me espanto.
Mãe mãe mãe mãe
Meu corpo é meu, mãe.
Mãe mãe mãe mãe
Eu escolho quem me bate. Eu escolho, mãe. Se eu não gostar de apanhar, eu mato, mãe.
Mãe mãe mãe mãe
Estou viva, mãe. E sou bem-vinda. Eu me lambo da cabeça aos pés.
Mãe mãe mãe mãe
Eu me abençoo mãe. E, quando eu morrer, sentirei minha falta.
Mãe, eu me amo.

Para você, você

Que saudade de te obedecer.
Que saudade de ser subjugada por você.
Que saudade de te perguntar. Que saudade de te escutar.
Que saudade de fazer o que não quero, e sofrer por dias por saber que eu acabaria por fazer o que você pediu, e que me fazia chorar rios.
Que saudade do seu olhar de desaprovação. Que delícia ver que te desapontei. Quanto esforço fiz pra te agradar. Que tesão me dava me esforçar. Mais tesão porém, quando eu falhava. Teu olhar bravo, eu mal consigo lembrar. Me perdia.
Que saudade de saber de quem eu era, entre tantos. A quem eu pertencia. Que saudade de acreditar que ninguém sabia.
Que saudade de te trair.
Que saudade de ser sua. Toda errada.
Eu realmente sinto muito.

I wanna be your slave, I wanna be your master
I wanna make your heartbeat run like rollercoasters
I wanna be a good boy, I wanna be a gangster
'Cause you could be the beauty and I could be the monster
[...]
A motherfucking monster who's searching for redemption
I wanna be your slave, I wanna be your master
(Måneskin)

Peço pro meu ex-marido vir aqui em casa. Eu preciso dele, minha cachorrinha também.
Ele reluta, mas vem. Quer almoçar fora antes, eu vou buscá-lo de táxi.
No carro, combino que quero tomar as decisões do tratamento dela com ele. Ele concorda, e diz que quer também.
E ela não podia ficar mais feliz. Sentia tanto sua falta. Agora a música é outra.
Esquece o tumor. Brinca. Ri. Corre. Quer comer torresmo.
E que saudade eu sentia dele.
Sai pra passear com ela enquanto eu estou fora. Na volta, ele arrumou a casa e havia comprado pizza.
Eu já havia jantado fora. Como um pedaço apenas para honrar seu pedido.
Ele quer deixar o que sobrou para eu comer no dia seguinte.
Eu não como pizza do dia anterior, tá me estranhando?
E meu filho adulto se vai, lindo como nunca antes.

Quando preciso de você, Maria, me vejo sempre na iminência de brigar.
Serei traída e enganada.
Serei enrolada.
Serei abandonada.
Não serei prioridade.
Não escutarei sequer um pedido de desculpas, caso eu a denuncie.
Você quer apenas o meu dinheiro.
E eu não posso bater em você.
Nem com uma flor.
Não confio em você, mulher.

E Deus criou o mundo em uma semana. Foi rápido, sofria, sozinho, de transtorno de ansiedade. E tinha muito tempo livre.
E o universo inteiro ao seu redor.
Viu que tinha feito um bom trabalho. Mas não havia ninguém que o elogiasse. Era carente, precisava da aprovação de alguém que ele nem sabia quem era.
Inventou de criar o homem e a mulher. Viu os dois felizes, se amando loucamente no paraíso que ele havia criado.
E, porque ele também era mau e bem-humorado, sentiu inveja.
E resolveu colocar uma cobra lá. Só pra ver o que ia dar. Deus é curioso, como uma criança.
Adão era lindo, mas bobo. Disse pra Eva, obedece, meu amor.
Não é pra mexer nem com a cobra, nem com o fruto.
Eva olhou pra Adão e disse: meu querido, foi você quem me ensinou a amar a cobra. E esta maçã é simplesmente o mais belo fruto deste imenso jardim.
Deus só estava brincando. Eles não precisavam se levar tão a sério.

Tenho mais o que fazer na vida.
Penélope nunca foi minha heroína.

Penélope na mitologia grega

- Penélope era a esposa de Ulisses, filha de Icário e Periboea.
- Esperou o retorno do marido da Guerra de Troia por mais de vinte anos.
- Manteve-se fiel ao marido apesar de ter muitos pretendentes.

- Para evitar se casar com alguém, teceu uma mortalha funerária para Laertes, o pai de Odisseu.

(Fonte: criado por inteligência artificial)

O que me deu mais prazer? Ser subjugada por você ou me vingar de você, o traidor?
Para me vingar, digo ao chefe do RH que você está mentindo, diante de você. E falo para seu chefe para não confiar em você, que você quer o cargo dele na real. Nas suas costas.
Você perde seu trabalho.
O que me mata agora é não saber.
Imaginar. Eu sou boa nisso.
Cansei.
Eu quero saber.

A memória que mais me dá prazer é a calça jeans sair assim, sem desabotoar, sem abrir o zíper, como pôde sair tão fácil?
Ser levada contra a vontade exatamente para onde eu mais queria ir.
Sua voz no meu ouvido.
São esses detalhes que me prendem. O resto, eu não me lembro.
Eu escolho o que lembro?
Eu realmente prefiro escolher.

Os veterinários chegam. Ofereço café. Faço brincadeiras. Quero o ambiente mais cordial, quente e profissional para o exame da minha cachorrinha.
Ele pergunta se ela morde. Nunca mordeu, mas tenta. Ele me pede para colocar a focinheira.
Ela relaxa. A focinheira parece mágica, como passei tantos anos sem focinheira?
Eles pedem para sair, por causa da radiação. Eu não me importo com radiação, e fico.
Eles me pedem para me afastar. Odeio me afastar de quem eu amo nos piores momentos, quem inventou essa regra? Obedeço e olho de longe.
Ela é movimentada, de um lado para outro, de focinheira. Mas está ok. Olho de novo para ver melhor. Chega a ser engraçado.
Eu longe + focinheira = exame melhor.
O exame anterior, com o doutor sexy, tinha sido pior pra ela.
Muito carinho, muita interação desnecessária, muita conversa ao pé do ouvido, e ela realmente queria arrancar um pedaço dele. Ficou tensa.
A tentação de comentar como foi esse exame pra mim. Mas o assunto aqui é minha cachorra.

Pedi para a veterinária o telefone do doutor sexy antes de saber quem era ele.
Apenas para garantir o exame na hora, meu prédio é blindado por tecnologia.
Ela não me deu, e ele não conseguiu entrar.
Por sorte o zelador me avisa que o médico veio e se foi. Ligo pra vet, ela diz que ele vai voltar.
Ele é lindo, atencioso, responsável.

Doce, inteligente.
Irresistível.
Ama bichos.
Mas não sabe dar limites. Parecia que estava pedindo pra levar uma mordida.
No final da consulta, em sua última tentativa de levar uma, eu disse a ele sem dizer: doutor, apenas pare. Tira a sua mãozinha da minha cachorrinha, o exame já acabou.
Minha cachorra não te quer! Faz o exame e vai, meu querido.
Ele diz que ela é uma cachorra de verdade.
Homem, eu sei.
Ao final da consulta, quero lhe dar um beijo.
Ele me estende a mão.
E se vai, lindo, para salvar outras cachorrinhas e se defender das mães de cachorras carentes.

Não esqueço.

De modo que aqui estamos, eu e deus. Meu homem. Quanto mais o xingo, mais me sinto amada. Quanto mais eu choro, mais ele parece rir. E quanto mais eu rio, mais eu me esqueço que ele existe. E realmente não há nada que eu queira fazer para alinhar essa relação. Me parece... perfeita.

Está na hora de eu comprar meu vibrador. Minha fisioterapeuta deu a dica de comprar o mais barato mesmo, da shopee, pequeno mas com vibração forte. Eu estava disposta a comprar um robô lover IA com vibrador, inteligência artificial, textura aveludada, movimentos de vaivém com três velocidades a escolher. Mas para jogar fora depois. Como todos os outros que comprei, gastei uma nota, me frustrei e joguei fora. Desta vez vou comprar o básico, apenas para estimular os vasos sanguíneos e a musculatura, para não fazer xixi na rua.

Parece que agora posso ter miniorgasminhos rapidinhos, com uma ideia, com um xixi, com um espreguiçar, com uma respiração, com uma imagem, com um hidratante. El gran orgasmo, aquele que te faz ver deus, foi pro saco. Para esse, aparentemente, preciso do outro. Para sexo, preciso de um par. Ainda que temporário, ainda que seja para sentir que o quero para sempre, o que parece ser um preço razoável até. E sei que, se eu for atrás de um par, o máximo que verei é a silhueta de um homem correndo. Ou o silêncio na mensagem do celular.

Ainda assim, um monte de pareces. Parece que este outro está me querendo, mandando esse monte de coração no WhatsApp. Parece que este outro me quer, esse pedido para eu ficar. Parece que este outro também, puxando papo do nada. Este outro tão doce para elogiar meu apartamento que as paredes até descascam. Casado, casado, separado mas casado, recém-separado, mas casado. Todos estão comprometidos, mesmo os solteiros. Miniorgasminhos do desejo. Te quero mas não posso, então vamos ser amigos enquanto eu gozo só de falar um pouquinho com você? E vamos, por favor, não confessar ou explicitar o desejo ou então vou cair num abismo profundo e perder tudo o que conquistei e me faz sentir seguro? E, por favor, deixa que eu te procuro, se você me procurar, ainda que como amiga, não vou responder ou responderei com evasivas para me proteger de você. Um tesouro, sem dúvida. Aquele tesouro de desenho animado, pra você sentar em cima, sozinha, em cima de tanto ouro e tantas pedras que levam o nada ao lugar nenhum.

A bonita, no entanto, deseja deixar de ser quem é? Adivinhe quem puder. Tão óbvio que não.

Quando se dispôs a sair dali do alto do seu altar, onde ela foi parar? Lugar nenhum, *either*.

Ao grande fracasso, um brinde. Ao grande fracasso, um grito de viva. Ao grande fracasso, meu maior prêmio. Ao grande fracasso, sua senhora, a grande derrota. Enfim, um casal.

Talvez escrever me faça me sentir menos só.

quem diria...

A descoberta do amor

Chego na hora pra aula de piano. O professor está na rua falando com o vizinho, mas eu mal o reconheço. Quero fumar antes. E vejo que não trouxe cigarro.

Tensa. Esta aula vai ser boa.

Ele avisa que teremos aula na sala, teve um incidente na calha e o quarto... Eu mal o escuto. *Whatever*, sou uma adolescente entediada agora.

Chego na sala, e foi como entrar na minha casa. Nunca estive lá, e a casa era minha. O professor pede licença, alguém o chama, *whatever*.

Passeio pela sala, pelos detalhes, os grandes e os pequenos dela. Cada cômodo, parede, móveis, vidros, esquadrias, tintas, cubas. Livros, quadros, bibelôs, formas e textos. Tudo que eu vejo ali foi meu.

As festas que ali aconteceram. As conversas íntimas e públicas. As decisões em conjunto, as mortes. Os milhões de desejos que por décadas atravessaram aquele lugar. Eu sei de tudo sem saber nada.

Os gatos me olham. Digo a eles, tranquilo, eu já vou embora da casa de vocês.

O professor chega, digo a ele que a casa é linda. Ele diz que sim, mas que bom seria se fosse dele.

E ele me apresenta o piano da sala. Olho o instrumento antigo, de madeira, cheio de detalhes de outras épocas, o nome estrangeiro, cheio de significantes que pedem para ser lidos, e eu não quero parar de olhar. Ele me espera há anos.

O professor pergunta se podemos começar. Eu peço para tirar uma foto do piano antes, ele diz claro. Passo a mão nos seus detalhes de madeira, ele é vivo. Dou uma última olhada. Vamos pra aula.

Tudo que eu quero está ali. O professor pergunta como estou. Digo que tenho treinado, mas quanto mais treino mais tensa fico. Quero seguir o metrônomo, e me atraso e adianto. Que qualquer pensamento que me atravessa faz a música desandar. E que resolvi contrair para poder escutar, ainda que ele tenha me pedido pra relaxar.

Que tenho repetido e repetido, mas é quando relaxo que parece que alcanço alguma coisa. Mas por pouco tempo.

Ele me fala que a repetição não é a melhor ferramenta para o que quero. E sim pensar na qualidade. Repetir não é aprender. Ajuda a internalizar, mas o que buscamos é a qualidade.

O metrônomo é aquele professor austero, fechado, mas que quando você o conhece melhor é gente boa.

— Conhece alguém assim?

— Sim.

— Só vai.

Mostro a ele o que treinei. Ele fala que está bom, que na verdade eu atraso um pouco, mas percebo rápido e corrijo. E aí me adianto. E de novo percebo e corrijo.

— Você erra e vai atrás. Esta é a sua habilidade.

E me dá a dica de apenas escutar o metrônomo antes. Internalizar o ritmo antes. E daí tocar.

Faz toda a diferença. Muito melhor.

Junto. Nem atrás, nem adiante.

E fala que hoje vamos entrar no difícil. E eu estou de um jeito que quero o difícil. Eu espero o difícil. Eu estou aqui para isso, inclusive.

Até aqui, escala espelhada. Hoje começamos com escala paralela. As mãos tocam as mesmas notas. Mas fazem passagens diferentes. Ao mesmo tempo.

É difícil. Ele me ajuda, e torce por mim. É bonito.

E fica feliz, de verdade, porque consigo. E me pede para ir sozinha até o fim.
Antes de ir olho pra ele, que me diz: você sabe.
E eu vou. Quando termino, não consigo acreditar. Digo a ele: é difícil.
Ele está contente, e me diz: parece que não, você fez de primeira.
Eu quero tocar você, piano.

Vou dormir contraída. Não tomo banho, não escovo os dentes, não tiro a roupa. Caio na cama para morrer logo. Antes de dormir me lembro de você. Cadê você? Por que você não está aqui? Meu cérebro grita de dor. Me desespero de novo. Aperto minha cabeça, me contraio mais. E escuto, é só a sua cabeça. É só a sua cabeça. E ouço meu coração. Só suas batidas. Elas não me dizem nada. Estou completamente só.
Estou calma, porém. Como se, sozinha, na verdade estivesse num útero. E o barulho das batidas que escuto é tão alto.
Meu coração é meu professor? Austero e fechado, mas gente boa se você o conhece melhor?
Na aula, achei que fosse você.
Acordo antes do horário. Sonhei com você. Duvidando de mim, cenas que me dizem que você me ama. Essas lembranças são os quadros que doem mais.
Vou pra varanda. E me pergunto por que você disse que não podia me ajudar neste momento. Por quê?
E me desespero de novo. E desta vez não sei se é minha cabeça ou meu coração. Nenhum dos dois fala comigo e me dá certeza.

Eu erro. E me corrijo. E me atraso. E me corrijo. E me adianto. Eu quero acompanhar seu ritmo. Sinto tanto a sua falta que já não sei mais se você existiu um dia.
Eu tentei, digo pra mim mesma. Ele me disse que não era ele a melhor pessoa para me ajudar neste momento. Estou me enganando? Distorço o que você diz se te escuto? Isso pode dizer tanta coisa.
Que devo procurar outras pessoas para me ajudar.
Que neste momento você morreu para mim.
Que haverá algum momento em que você poderá me ajudar.
Mas foi você que me disse que não existe futuro.
Que o momento em que você me ajudou já houve. Acabou. Os quadros que doem tanto vêm de lá. Eles também acabaram.
Por que voltam, então?
Volto pra cama, paro de desesperar para chorar. Paro de chorar para escrever.
Estou sozinha, com meu coração, cujas batidas agora eu não escuto.

Eu sabia que se eu descobrisse ia rastejar.
Perdoando a minha cara de pau agora.

Dou limites para uma amiga. De mais de trinta anos.
Ela vai embora, espero que pra sempre.
Que amizade de merda, meu deus.

Minha nova terapeuta me diz que eu amo o trabalho de terapia, não o terapeuta.
Que pra mim será bom entender que a clínica é soberana. Que, se eu vir meu valor, dou conta da parte chata, abrir empresa, social mídia.
Me mostra um vídeo do Dunker. O medo do sucesso. O medo de assumir-se usurpadora.
Não gosto do Dunker. E na hora finjo que me convenço.
Que o meu problema é matar a minha ex-terapeuta, destituí-la.
Que ela foi meu pai e mãe, por isso é difícil.
Tudo parece muito certo, com sentido, durante a sessão. E nada faz sentido quando saio do consultório.
Não me convence.
Saio desanimada.

eles dentro de mim que eles vão embora do meu corpo da minha alma e da minha memória é o que eu peço a Deus que peço a mim mesma agora que eles vão embora do meu corpo da minha vida e da minha alma porque o que eu pedi eu já recebi e foi pago eu paguei eu não devo nada a eles eu devo a mim mesma respeito e dignidade pra tocar na minha vida é isso que eu espero de mim mesma agora e é isso que eu deixo registrado aqui estou cansada de ser um cachorro miserável diante deles eu não sou cachorro eu não sou miserável eles não são nada meu Claudio não é nada meu Maria não é nada minha Mário não é nada meu ela não é nada minha que todas essas pessoas sigam as suas vidas e que as suas vidas não me pertence seu futuro e o que eles estão fazendo não me pertence porque o que eu estou fazendo aqui não pertence a eles eu estou aqui sozinha me virando e reclamando e reclamando reclamando de estar sozinha e essa é a realidade eu estou sozinha que eu consiga superar essa dor e essa realidade de que eu estou sozinha ninguém fala comigo ninguém me procura ninguém me pergunta como eu estou ninguém se interessa se quer comer essa é a realidade o silêncio diz muito Ninguém me procurou as pessoas que eu mais queria que me procurassem as pessoas que eu acho que é a minha família e que me deixaram sozinha é uma bosta de família se isso é família e eu não quero essa família pra mim não quero pessoas que me deixam sozinha nos últimos 10 anos eu aprendi muita coisa com eles eu pude olhar muita coisa pra eles e também perdi muito do que é mais bonito em mim por eles eu preciso me perdoar por tudo que eu fiz comigo no desejo de ser deles desejo de pertencer a eles e eu não pertenço isso me machuca e eu realmente pra mim não faz sentido porque eu sei do meu valor não faz sentido no entanto essa realidade eu quero aceitar essa realidade pra poder tocar minha vida não faz sentido eu sei do meu valor não faz sentido ele não me querer não faz sentido eles não quererem que eu trabalhe com eles mas essa é a realidade e eu quero aceitar isso pra poder tocar minha vida eu preciso de dinheiro eu preciso de trabalho eu preciso poder tocar a minha vida se ele é o grande amor por alguma ideia romântica existencial que eu deixe de acreditar nessa bosta porque eu estou vivendo a minha vida aqui Laura 49 anos morando na Vila Buarque sozinha que se foda esse amor se ele é gigante se ele é feito pra ser se ele é mesmo toda essa bosta romântica não me serve de nada eu não quero me envolver com outros homens nojentos que vão me fazer me sentir indigna mas que eu possa se encontrar um homem que não seja esse homem que não seja o Mário e que me trate com respeito e que seja um cara legal que eu volte acreditar que existe sim alguém aí que eu posso ou não posso encontrar Porque eu também não sei se é isso é algo que eu possa ter controle ultimamente só vem aparecendo homem merdas no meu caminho que não servem pra mim e que eu consiga dizer não pra cada bosta que aparece no meu caminho porque eu não vou sujeitar o meu corpo que eu amo só pra esquecer esse bosta desse Mário e se for pra morrer sozinha assim nunca mais olhar pra cara dele que assim seja e que assim eu veja logo pra poder tocar a minha vida sozinha não tem problema nenhum de estar sozinha o que eu não quero mais é ficar imaginando ele e pensando e sonhando com os beijos dele que não existem e eu não quero que existam eu não quero ficar presa no fio de esperança com esse merda que essa corda maldita que eu carrego com ele se rompa que vá pra casa do caralho pra puta que pariu.

Acordo e vejo a luz vermelha da televisão. Um led.
Minha visão se distorce, sou míope, tenho astigmatismo, e ganhei hipermetropia nos últimos anos.
E vejo o universo, não ele inteiro, mas um pedaço do cosmos naquela luz.
E choro. Me lembro de que sempre fui assim. Imagens distorcidas na minha casa de infância. Sempre do pequeno, comum, para o universo. Eu nem tinha palavras para nomear o que eu via no lugar do que eu deveria ver.
As formigas em meu quintal estavam em guerra e tinham emoções, famílias, história. Era tudo tão grande naquele pequeno, e eu só podia ver se estivesse sozinha.
O cosmos vermelho do led da televisão agora é uma rede de neurônios. Vermelha.

Sempre foi assim. Nos piores momentos, a ação solitária. E depois a acusação da loucura. Não me escutam, não me veem, não me entendem.
Por que inferno acredito que com você seria diferente? Porque foi?
Foi.
Aceita que dói menos.
Não está funcionando.
Ou está, e eu é que não estou aceitando.

O amor platônico, em sua essência, descreve uma forma de amor que transcende o desejo físico e se concentra em uma conexão espiritual ou intelectual profunda, muitas vezes idealizada e não correspondida.

- Idealização:

Muitas vezes, o amor platônico envolve a idealização da pessoa amada, vendo-a como perfeita ou inatingível.

- Não correspondido:

Com frequência, o amor platônico é não correspondido, ou seja, a pessoa amada não compartilha os mesmos sentimentos.

- Origem no conceito filosófico:

O termo "amor platônico" deriva das ideias de Platão, que via o amor como uma busca pela beleza e verdade, transcendendo o desejo físico.

- Amor espiritual:

O amor platônico é frequentemente associado ao amor espiritual, onde a conexão é baseada em valores, ideias e admiração mútua.

(Fonte: criada por inteligência artificial)

2 de novembro de 2024

Día de los muertos
Pego o computador para escrever sobre a vida
Estou sem amigos
Briguei com a amiga velha
Briguei com o amigo velho
Descubro que meus melhores amigos acham que estou louca
Minha amiga velha preocupada é uma bruxa nojenta violenta e desequilibrada
Meu velho amigo preocupado é um pai conservador
Fico pensando agora em minha família interna
Será esta a família que habita em mim?
Não, estes são apenas meus melhores amigos
Apenas o outro
A amiga mais nova não parece preocupada comigo
A amiga dela sumiu
Estou sem amigos
Uma velha amiga nova veio em casa ontem
Estamos falando de nós, temos coisas em comum
É bom falar do mundo com ela
E não confio nela para falar de mim
E é bom que seja assim
Tenho a mania de achar que devo me abrir quando o outro se abre
Como devolver o que recebo
E com isso não me protejo, nunca sei quando estou cuidando de mim
Quando estou me protegendo
Sempre fui fechada
Sempre escolhi escutar a falar

Para não me machucar
Acho que me protejo sim
E, quando falo de mim, me exponho
Minha criança grita por quê?
Ela agora tem o poder de te machucar
Como vou me relacionar com o outro assim?
Me abri com amigos, me foi pedido em terapia
E agora me sinto exposta, desprotegida pelo amor deles
Ignorantes, idiotas e arrogantes
Eu os vejo
Os amigos que não são meus amigos
Dia dos mortos
Dia de descobrir que estou sozinha no mundo dos vivos
E que considero a cada dia se vale a pena viver
Dia dos mortos
Me lembro da frase da mulher velha em Recife
Se mexe
Para que os mortos saibam que você está viva
Escutei como uma cobrança
Sempre me sinto devendo
Desde criança
Como estou cansada de sentir que devo algo
A alguém que não me diz o que devo
As cobranças dos vivos não fazem sentido
As cobranças que eu faço para mim também
As cobranças dos mortos me assombram
Olho para a parede e pergunto para Deus, que não está aqui
O que você quer de mim?
Para que estou viva?
Toco minha barriga
Lembro de estar grávida
Há tanto tempo

E cuido de mim como uma louca grávida do não sei
Sinto enjoo
Estou frágil
Não tenho marido, nem pai
Minha mãe mora em outra cidade
Minha irmã também
Elas sabem que estou num momento difícil
E não sabem também, como eu
Meu filho se preocupa comigo
E mal quer falar dele para mim
Minha cachorra, graças a deus,
Só quer comer
Passear
Brincar e descansar
Tenho acordado com descobertas do meu mundo interior
Que vejo em ruínas
Qual o sentido de descobrir o sentido enquanto ele cai?
Para que serve entender?
E, de fora, sou promessa
Promessa de compra e venda do apartamento
Promessa de organizar meu consultório
Promessa de ter dinheiro na conta
Promessa de um novo lar
Promessa de relações mais saudáveis
Promessa de voltar a escrever
Promessa de ir à academia e cuidar melhor do meu corpo
Promessa de tocar piano
Promessa de dar limites ao outro
Promessa de dar limites a mim
E a promessa que fiz para mim mesma era de que eu morreria
Para dormir em paz
Qual é a centelha que vai me fazer querer viver?

Foi.
Um milhão de vezes foi.
Pra que um milhão de vezes se vá.
É só isso.

Eu. Inventei. Você.

Você me inventou?

O amor é um efeito colateral.

Tomo um banho, e ponho o roupão azul que encantei de você. Inventei que ele era você. Pra me secar. Me proteger. Me aquecer. E pensei nestes últimos tempos em me desfazer dele. Até imaginei quem iria substituí-lo. Um roupão branco, de linho. Ou um algodão mais duro. Com relevos.
Mas hoje eu decido que, se você não é meu, o roupão que encantei de você é. Eu o escolhi, na Zelo. Eu o comprei. É meu. E eu realmente gosto dele. De fato seca, protege e aquece.

Minha querida Maria, se você é meu pai e minha mãe, eu vou é mais fugir de você. Que mané destituir!!
Affffffffffff, que pai e mãe basta um!

Estudar piano.
Paralelo.
Vejo o vídeo que fiz do professor várias vezes. Mapeio seus dedos.
Não vai rolar aprender a sequência apenas olhando o vídeo.
Desenho um mapa. Acho que estou roubando. Faço mesmo assim.
E agora sim eu consigo me lembrar.
Sigo a sequência difícil. Dura, tensa, relaxa!
Tá osso, mas sorrio quando acerto. E finjo que não vejo quando erro.
E vou vou vou.
Até que me entedio, ou me empolgo. E ligo a tecla ritmo do piano eletrônico.
Estou numa festa. A sequência é só dó ré mi fá sol… mas agora eu danço.

Improviso. Crio regras. Finjo que sou minha professora. Criança de novo.

Sinto culpa. O professor ensina há anos, sabe mais, e se passou o exercício daquele jeito é porque tem uma razão.

Mas se não for assim eu não vou. E deixo para deixar que ele me dê bronca na próxima semana.

Se quiser bater em mim, eu gosto.

Por que mamãe me mimou tanto?

Ciúmes

Vermelho. Meus olhos estão vermelhos.
Você sabe que eu vi.
E fui atrás.
Minha real intenção, você sabe.
É estar à frente.
Pensa numa estrada esburacada, sinuosa, perigosa, enlameada,
chuvosa e com um sol queimando a sua cabeça.
É esta.
Mas parece que tenho que passar por ela.
Ou a volta para evitá-la pode ser muuuuuito grande.
E eu estou cansada. E tenho mais o que fazer.

Quem sou eu?

Eu fui atrás de você? Ou dele?
Você escolheu ela?
O que fiz para pegar o que julguei ser meu?
Eu fui atrás de mim.
Como todos.
E o que fiz neste percurso, eu me perdoo.
De antemão.
E, agora, eu quero saber.
Venha o que vier, meu amor.

Do que falo quando falo de dor de cotovelo

Fantasie com o ser amado que não te quer.
Deixa correr. Vá sem medo aos lugares a que a fantasia te levar.
Divirta-se.
No meu caso, nos encontramos, ele está bem, eu estou puta da vida, sinto desejo, e por fim estamos num quarto, a sós.
Quando ficamos os dois tristes por estarmos mas não estarmos juntos.
Olhando assim, que fantasia zuada. Mas aqui nós não julgamos a fantasia, a tomamos como vem.
Perceba o momento em que a cena criada em sua mente acaba.
E mude para o modo realidade.
Sinta a diferença entre os dois mundos. É sutil.
E caia docemente, confortavelmente, na realidade.
No meu caso liguei o ar, porque a fantasia estava quente. E deitei na cama.
E então aceite: é fantasia.
Não precisa falar como o bedel da escola que te pegou cabulando aula. Não precisa falar como a madre superiora dona do convento. Tampouco como o delegado de polícia que irá puxar uma ficha corrida diante do delito.
Apenas ouça docemente: é fantasia.
Também não exagere no açúcar. A fantasia sente o cheiro de açúcar, e então, mais rápido do que você imagina, voltarás para lá.
Fique aqui.
No meu caso, que já fiz este exercício repetidas vezes, esperava chorar. Nas primeiras vezes, esperneei. Mas desta vez veio apenas um mal-estar típico da dor de cotovelo.
Toque seu cotovelo, que está num momento difícil. Faça massagens suaves, delicadas, pode até ser um pouco sexy. Mas

não se iluda, dificilmente você sentirá prazer com dor de cotovelo. Apenas se toque.
Perceba que seu rosto está tenso, principalmente sua boca, que está toda repuxada para baixo. Sim, dor de cotovelo é assim. Não tente sorrir, acredite, é pior. Aceita a boca pra baixo. Em alguns momentos, pode sair um bico de birra. Eu particularmente não gosto dessa estética, e deixo a boca cair, como o rosto de quem sente amargura.
Perceba que talvez você tenha chegado num estágio onde não há lágrimas. E a dor parece que não dói. É um incômodo, um desconforto. Espalhado no corpo, concentrado no estômago, no meu caso.
Se dê conta de que a principal diferença entre a fantasia e a realidade é que o ser amado não está com você. Essa constatação costuma ser muito dolorida, faça devagar, com cuidado. Mas sem florear muito. A casa, a cama, a cozinha, o cobertor. Vazio.
Se conseguir passar deste estágio com algum grau de sanidade, pode experimentar olhar para a parede, ou o teto. Por sorte, meu teto é branco. Aqui, você busca olhar para o vazio.
Evite fugir do vazio atacando a geladeira ou indo fumar na varanda. Nas primeiras vezes, nem resista, apenas vá. No meu caso, passei por um treinamento intensivo, e apenas hoje foi possível dar este passo.
Olhe para a parede vazia. E fique, confortável mas desconfortável, com o vazio.
Por sorte, nesta hora, uma lágrima desceu. Perceba como é bom e prazeroso o movimento da lágrima morna passando por sua pele. Você não está mais só. Tem uma testemunha quentinha. Ela também chora.
Se quiser dar mais um passo, imagine que o ser amado fala com você. Não force a barra, como eu fiz antes, não ligue para ele. Volte para a fantasia e veja o que acontece.

Em minha fantasia, ele diz que sente muito. No meu caso, é meio fantasia meio realidade, ele me disse isso mesmo.

E agora eu aceito o que ele disse. Antes parecia uma grande merda muito humilhante, mas agora a compaixão não me parece tão ruim.

Todo mundo sabe como é quando um amigo, ou alguém por quem você sente mesmo muito carinho, se apaixona por você. Você sente muito. Não quer que ele se machuque. E se aproximar é pior. Você diz sente muito e se afasta. E torce para que ele fique bem.

Receber isso não é gostoso, não vou mentir. Talvez renda mais algumas lágrimas. Mas é ok. É até bonito.

O duro é quando a pessoa querida força a amizade. Todo mundo sabe como é isso também. E ninguém que eu conheço gosta. Eu realmente não gosto quando fazem isso comigo, e minha reação não é muito compassiva nesses casos.

Eu fui atrás dele como um porta-aviões atirando bombas. Falei e desfalei. Depois xinguei. Enfim, foi zuado. Em minha defesa, disse a ele que sentia muito.

E, findo o exercício (caso), posso agora sentir compaixão por mim. E ganho mais uma lágrima quentinha, que me dá um beijo doce na bochecha.

Gloria, you're always on the run now
Running after somebody, you gotta get him somehow
I think you've got to slow down before you start to blow it
I think you're headed for a breakdown, so be careful not to show it
You really don't remember, was it something that he said?
Are the voices in your head calling, Gloria?

(Laura Branigan)

Meu pai gostava de levar a gente num trailer no começo da nossa rua sem saída, em Osasco.
Íamos lá para comer lanche com Coca-Cola. No Baiano.
Eu me sentava na cadeira de plástico vermelha, e ficava totalmente apaixonada quando ele me perguntava o que eu queria.
Respondia tímida, era difícil dizer o que queria, x-salada.
E o via dizer ao Baiano, sempre fazendo alguma piada antes, um x-salada.
Eu estava no céu. E não podia parar de olhar para ele. Era tão perfeito: era leve, era poderoso, era bem-humorado, era assertivo.
Mesma cena. Minha irmã também estava lá. E o que ela se lembra é de que ele pagava para qualquer criança que no trailer aparecesse o mesmo sanduíche.
Ela contou a ele essa cena, por telefone, algum tempo antes de ele partir. Ele chorou como se não houvesse amanhã.
Este é você, pai.
Dizer que te amo é realmente pouco, meu amor.

O arquinho azul

Foi o primeiro presente que ganhei de um menino. Acho que eu tinha sete anos.
O nome dele era Roberto, tinha cabelos loiros, tigelinha.
Eu nunca havia notado que ele gostava de mim. Eu nem havia notado ele, na verdade. Voltávamos para casa na mesma perua escolar.

Ele não falou nada. Simplesmente me cutucou e me deu um pacote de presente. Eu nem falei nada. Não conseguia acreditar que estava ganhando um presente de um menino.

Cheguei em casa com medo de mostrar o que havia ganhado, de um menino, para minha mãe. Ela havia alertado para não ganhar presentes de ninguém. Muito menos de meninos, que eram perigosos.

Eu poderia escondê-lo na mochila. Mas ela também havia alertado que eu não podia fazer nada escondido, porque ela ficaria sabendo. Havia uma espécie de big brother que tudo vigiava, todas as horas e momentos do dia e da noite, tudo o que você fizesse.

Não era fácil ser criança nos anos oitenta.

Mostrei pra ela o presente. De quem? De um menino. Que menino? Da perua, o nome dele é Roberto. Quem é ele? Só sei isso, mãe.

Ela abriu o pacote e, para minha surpresa, a segunda maior daquele dia, sorriu. Eu esperava apanhar ou ficar de castigo. Mas ela sorriu e ainda disse que era lindo.

E eu pude ficar com ele, só pra mim. Não era aniversário, não era natal, não era igual ao presente da minha irmã. Era só meu! Azul. De cetim. Com florzinhas. Era impossível que aquilo tudo pudesse ser só meu. Com a bênção de minha mãe.

De noite, sem falar comigo antes, ela pegou meu arquinho e o mostrou para meu pai. Eu fui atrás. E achei que, se ela reagiu sorrindo, a reação dele seria melhor ainda. O que significava aquele evento na minha vida? O que eu fiz de bom para merecer aquele dia?

Sim, papai sorriu. E olhando pra mim sorrindo perguntou: um menino te deu?

Sim.

E quebrou o arquinho.

Era impossível acreditar no que ele acabara de fazer. Não fazia sentido. Era inesperado. Como reagir nesses momentos? Até hoje, não sei.

Peguei meu arquinho e fui para o quarto, enquanto escutava minha mãe brigando com ele e perguntando para que fazer aquilo. Peguei superbonder na porta da geladeira. Tive que tirar a fita de cetim que o envolvia para poder fazer a cirurgia necessária e urgente. O vi sem roupa, de plástico, mas também azul. Achei tão bonito, da pele e do esqueleto serem da mesma cor!

Colei, segurei, eles não voltavam a se unir. Achei que o problema era o tempo de secagem juntos, coloquei pesos em cima e esperei por mais tempo. Nada. Coloquei a fita sem colar, esperando que ela desse conta de segurar de novo a estrutura. Nada. Chorei durante todo o processo, sozinha e escondida no quarto. Não confiava no meu pai, nem na minha mãe.

Aquele arquinho era alguém para mim. Nem era o Roberto, com quem nunca mais falei, nem me lembro por quê. Eu havia declarado que era meu, e eu era dele.

E tive que tomar a mais terrível decisão. Ele estava quebrado há dias, e há dias minha única intenção era consertá-lo. Eu queria que ele voltasse a ser exatamente como era quando o vi pela primeira vez, perfeito. E o que aconteceu naqueles dias foi a imperfeição, o quebrado, o que não tem jeito, o que perdeu sua função, pois assim ele nem ficava direito em minha cabeça, habitando meu quarto e minha mente.

Eu tinha que jogar ele fora. E o fiz. Eu me senti pior que meu pai, ali. E de algum modo, melhor que ele. Eu agora podia descartar o belo e o delicado. Eu também. E, no entanto, nunca me esqueci dele.

Assim eu era com todos os meus objetos. Meu ursinho. Minha boneca meu bebê. Minha Emília. Eram meus, e eu era deles. Ninguém podia tocá-los, porque só eu sabia de seus segredos, o

que eles gostavam de fazer, nossas histórias e conversas. Como dividir, como emprestar, e como correr o risco de alguém machucá-los, deliberadamente, sem aviso?
E, se fosse preciso, eu os descartaria. Eu sabia que podia.

Perfeito. Tenho usado aqui as palavras que mais me machucam.
Escrever é uma experiência masoquista?
Outra palavra que me incomoda.
Eu uso palavras que incomodam. São geralmente as que saem sem permissão da minha boca.
E saem num tom de voz que me incomoda. Alto.
O perfeito é o que está acabado.
E eu tenho obsessão pelo fim.

Mário
Você não é especial.
Você fez como todos os outros.
Como todo mundo.
Quando o circo pegou fogo, você já havia saído antes.
Ordinário e covarde.
Você não é especial.
Ordinário, como todos os outros.
Que merda de rei você foi.

Estávamos namorando. Apenas começando.
Eu estava sim apaixonada. Meu primeiro namorado, futuro (próximo) pai do meu filho.
Você era alto, lindo. Gentil. Trabalhador, tinha seu próprio negócio. Era o chefe dos irmãos gêmeos. Eu o chamava de homem bom.
E amava te receber sujo de graxa.
E gostava sem gostar quando chegava em casa arrumado e cheiroso.
Nunca gostei de perfumes.
Naquele dia, iríamos almoçar em casa, a casa da minha mãe, em cima de uma padaria.
Pensa numa casa quente! A casa onde tomei meu primeiro e último porre, uísque com guaraná. E amendoim.
As paredes esfarelavam.
No final da rua tinha um baile funk. A rua era perigosa, carros tinham seus vidros quebrados, tocadores de CD eram roubados. Ali, numa travessa da João Dias.
Você havia passado no teste. Minha cachorrinha tinha vomitado no seu carro vermelho. Você não se abalou.
E estávamos ali, esperando o almoço. Mamãe, minha irmã, minha família toda, adorava você.
Que homem!
E então o forno pegou fogo. Labaredas comiam nosso fogão.
Eu fui pra frente do fogo, para ver o que era possível fazer.
Não me lembro como, controlamos o fogo, eu e minha irmã e minha mãe.
Mas você... Havia descido as escadas tão rapidamente, mais rápido que a velocidade da luz. Sumiu!
Tirei sarro da sua atitude. E acho que fiz isso por uns bons anos.

A escola

Era um bicho arisco. Especialmente arisco, no pior e no melhor sentido do termo.

Precisava ser vermifugada e castrada. Domesticada. Estava prestes a morrer de extinção.

Era pega, tomava um remédio, e fugia.

Era pega de novo. Me atraíram com petiscos.

Alguns poucos, permiti que me tocassem. Por pouco tempo, e de leve.

Escolhi um dono, e ele tinha outros bichos. Quis machucar ele. Só por causa disso.

Ele não era meu.

Mas era ele fazer um sinal, não importava que eu nem havia pensado nele por algum tempo, eu ia atrás. Rosnando ou pulando, tanto fazia.

Você me olhava como quem olha um pet.

Encontrei uma casa onde quis morar. A casa tinha dona, e ela deixou claro que eu podia passar lá nos horários combinados, receber remédio e comida, e ir embora.

Era humilhante. Quis arranhá-la também. Até que fui embora, querendo nunca mais voltar. Ela até balançou a vassoura para eu me tocar, então eu fui.

Até que você me disse adeus. Era um claro adeus e eu fingi que não ouvi o quanto pude.

Ela também disse, percebi na hora, e tentei voltar pra casa dela várias vezes, com desculpas de ter esquecido minha escova de dente na pia.

E voltei pras ruas.

Castrada, vermifugada, tratada. Gorda até.

E minha casa havia perdido o sentido. Era linda, era minha, mas fria e sem sentido.
Achei uma casa nova. Bate sol. É bonita e bem mais vazia que a outra. É solitária, mas recebo visitas, e aqui minha cachorrinha parece mais feliz. Eu, realmente não sei.
É pra deixar de ser bicho pra me tornar quem sou?

Olhar pra fora quando você parece só existir dentro, é possível?

Fiquei grávida do meu primeiro namorado, aos dezoito anos.
Meu corpo deixou de ser meu antes de fazer o teste. Nada mais parava em meu estômago. E eu nunca fui de vomitar.
Sempre achei o movimento de vomitar violento e não natural.
E o sabor que ficava na boca era terrível. Amargo.
Não acreditava que podia estar grávida. Havíamos nos descuidado apenas uma vez, da primeira vez. De modo que sei o dia em que fiquei grávida.
A notícia de que algo que nem passava pela minha cabeça estava dentro do meu corpo me causou revolta. Tentei devolver o que havia recebido.
E, quando vi que havia tirado de mim o que nunca quis, quis morrer.
Eu olhava para o vaso sanitário e a visão do que eu imaginava ser meu filho me fez querer morrer ali. E querer viver.
Quando a coisa aperta, eu apelo. E pedi para que aquilo não fosse verdade.
E, sem resposta, tomei a decisão ali de compensar o que havia feito. Nem eu sabia que podia ser tão religiosa. Também não quis analisar a decisão, nem a anterior, nem a do momento.
Era isto, acabou.
Terminei com meu namorado. Disse que eu não me perdoava.
E que nós estávamos acabados.
Foi a primeira vez que o vi chorar. E algo ali me fez mudar a visão que eu tinha dele até então. Ele para mim era um gigante.
E ficou pequeno. E assim eu o quis mais.
E reatamos ali. E ali eu declarei sem dizer que o amaria para sempre.
Fico feliz de ter feito isso. Fico triste ao ver quanto tempo me custou descobrir que nunca deixei de amá-lo.
Nosso filho vingou. Ficamos juntos, os três. Foi bonito o tempo que durou. É bonito ver que nunca vai se acabar.

Você vai com sua vizinha austríaca para um baile de zouk na Liberdade.
Conta pra ela que ama dançar, e não é boa em dançar a dois. Se anima a aprender algo novo.
Chega no salão, o lugar parece velho e novo.
Espera no lugar onde os avulsos esperam ser chamados para dançar.
Não se aguenta para esperar. Todos lá se conhecem, você não sabe dançar, quanto tempo até alguém te tirar dali?
Dança sozinha. Sempre foi assim.
Um homem mais velho te tira. Você o alerta que não sabe dançar.
Ele te alerta que vai precisar te tocar. E que os dois precisarão de paciência.
Ok. Dançamos, não foi muito bom. Ok, estou aprendendo.
E saio para fumar. A situação me causou uma angústia, um sentimento novo que não sabia definir. Quis ir embora, e não quis. Voltei pro salão.
E um casal dançando me incomodou. O cabelo da mulher batia em mim, mesmo que eu mudasse de lugar. A cada chicotada, eu queria bater neles. Que casal chato e espaçoso.
Peço uma bebida, e não me sinto mais só. Bebo, está gostoso, foda-se o casal chato.
Que baile chato. Um monte de gente dançando, se divertindo, mas, se você não é casal, bebe, senta, espera.
Considero ir embora, e o amigo de minha amiga, que é também terapeuta, me tira pra dançar.
Ele é gentil, sabe dançar, sabe conduzir, tem paciência. É muito gostoso dançar com ele. Não peço desculpas, aprendo. Descubro que um pouco eu sei. E outro tanto, não.
A música termina, agradeço, foi um prazer. E me sinto perdida, como uma criança, quando ele se vai.

Pego uma balinha, e me sento. Que balinha boa, pego outra para depois.
Vejo um casal que dança lindamente. Olho, admiro. Não invejo, a dança é deles e é linda. Não é minha.
Decido ir embora. Mando mensagem pra minha amiga, estou indo pra casa, nos vemos. Sem desculpas.
Saio de lá querendo ir embora. E estranha. Não sei como estou, me sinto morta. Um gosto diferente na boca, não sei o que é. E tanto faz.
O Uber avisa que chegou. Não o vejo. Está do outro lado da rua, chove. Tanto faz, atravesso para encontrar o carro. Piso na poça, molho os pés. Tanto faz, é só lavar em casa.
No carro, me sinto fria. E sinto muito pela quentinha que parece que morreu. Caramba, eu a amava. E sei que ela estava exausta. Que descanse em paz, meu amor quente.
Fria, volto pra casa. Não me importo de ser fria. Fria, tomo decisões melhores. Fria, sofro menos, ou não sofro à toa. Fria, minha boca sorri menos, mas não cai tanto.
Chego em casa e escuto o barulho das patinhas da minha cachorrinha. E me sinto quentinha de novo.
Pergunto a ela se demorei e respondo que bom que vim embora logo, por mim mesma. E passo pomada no tumorzinho dela, que está menor.
Pipoca, vinho. Cama, barulho de chuva. Cachorrinha. Meu Deus, como é bom estar fria.

Ontem. Ir ao baile. Esperar para dançar. Dançar. Voltar. Dançar. Tudo era traição.
Ver os casais, escutar música, não querer dançar, tortura.
Ir embora me fez bem.

Gosto de escrever no celular. Debaixo do cobertor.
Algo acontece lá, as memórias vêm embaladas de açúcar.
Escolho escrever na varanda, e me sinto traidora. De mim mesma.
Acho justo.
E a memória que eu ia escrever não está mais disponível. Eu quero voltar pra cama. Meu estômago dói.
A memória volta.
O pai do meu filho, com quem morei junto por três anos, e nunca tive coragem de chamar de marido.
Me contou no estacionamento, como ele faz e eu amo, com respeito, que estava namorando.
Eu sorri para dizer parabéns, e chorei. Me surpreendi, me assustei, e disse que estava feliz por ele. Estava com vergonha da minha reação.
E então pude namorar o italiano. Eu estava liberada.
Havia me separado para isso.
Ele não era bonito. Mas me cutucou e me deu um presente que eu não sabia que queria. Prazer.
Ele era baterista. Me tocou como um guitarrista. Eu me tornei instrumento. Fazíamos música juntos.
O primeiro.
E eu o traí. Foi o único que traí, na verdade. Ele tinha outra, eu não sabia quem era. Na verdade, eu sabia. Era sua irmã. Ela ligava, ele sentia medo. E não podia estar comigo nos fins de semana para estar com ela. Ela conseguia ser mais feia que ele. Era poderosa, trabalhava na Petrobras. E sustentava a família. Tinha duas filhas lindas, que eu não podia estar junto, porque eram protegidas por ela. Com aquela irmã tão grande, eu estava miserável.
E eu o traí. No carnaval, fui para o Rio de Janeiro com amigos. E encontrei um músico lindo, que tocava violão. Carioca. Amigo de uma amiga. Seu nome, Memória.

Ficamos juntos na praia. Estava bom, mas não estava. Ele falava demais de assuntos que não me interessavam. Fiquei com ele. Apenas para contar ao italiano, quando voltasse ao trabalho na quarta-feira de cinzas.

Ele escutou como uma criança. Ele tinha cara de criança. Eu o machuquei ali, e o vi cair, desacreditando.

Ficou doente. Três meses de licença. Havíamos terminado. Eu andava fria pelos corredores de onde trabalhávamos. Ninguém ousava falar o óbvio para mim.

Meu chefe, que também era chefe dele, veio me dar notícias do seu estado de saúde. Eu apenas escutei, e vi em seus olhos a indignação diante de minha frieza.

Escolho escrever no frio. Não sei se faz diferença. Sinto vontade de chorar, e não sei se é por mim ou por ele.

E tenho certeza de que vou passar por isso de novo. E de novo. E de novo.

Fofoca

Me falaram que você a havia traído.
E ela foi até você e deu um tapa no seu rosto.
Este tapa doeu em mim, e eu sorri quando escutei.
Algo que alguém disse pra alguém que ouviu falar de alguém.
Aqui dentro, me ferindo.
Aqui dentro, para ferir.
Não escrevo para doer.
Escrevo para parar de doer.
Correndo o risco de doer mais.

Estou fazendo hora extra aqui. Era para eu ter ido aos cinquenta.
Meu pai, sempre que a oportunidade surgia, o que quer dizer nos momentos mais inapropriados, lançava essa.
Pai, hora extra paga mais. Costuma ser o dobro do preço da hora ordinária.
Você trabalhou com Recursos Humanos. Deveria saber melhor.

Estou fazendo hora extra aqui. Quero descansar.
Repito meu pai, e subo para encontrá-lo.
Ele está puto.
O que você está fazendo aqui, merdinha?
Vim só pra te falar: você se torna *ternamente* responsável pelas pessoas que você cativa.
Você criou uma raposinha.

E Pá!
Toma uma talagada de pequeno príncipe, in your face!

* Para ela, você. Li o livro, não entendi nada. Achei bonito.
** Ganhar e perder, faz parte.

Labaredas subiram do fogão.
Achei que ia me queimar.
Ar-condicionado no talo.
Respira.
Respira.
Calma, está tudo bem.
Cuidado com o humor.
Parece que traz leveza,
é uma bomba.
Respira.
Deixa despressurizar, como uma panela que ameaçou explodir,
mas não.

Estudei no colégio nossa senhora dos remédios, em Oz.
Era um colégio de padres. Mas o que víamos ali eram freiras.
Padre que é bom, nada.
Usávamos um uniforme azul, saia abaixo dos joelhos e quichute, o que eu nunca achei que combinasse.
Gostava das aulas de religião. Especialmente das músicas. Um certo Galileu, A paz de Cristo, eu realmente amava aqueles hinos.
E achava a freira que nos dava aula uma fofa. Parecia que realmente emanava dela um tipo de bondade confiável.
Os professores gostavam de mim. Mamãe ia para as reuniões feliz, escutando como eu era fofa e estudiosa.
Mas eu precisava ser má. E precisava mostrar para minhas amigas más que eu era boa em ser má.
Por trás, estava arrancando o forro da parede da sala. Pichando as paredes do banheiro. Assustando as crianças menores fingindo ser a loira do banheiro. Atrapalhando o hino nacional, que era cantado todas as quartas, sete horas da manhã. E imitava a professora de religião à perfeição, trocando o que ela dizia por termos chulos. Jesus era um tarado. A virgem Maria, ninfomaníaca. Não salvava nem a vaquinha do presépio.
Tudo isso com a maior cara de santa, em casa e na sala de aula.
Tirava dez. Fazia as lições. Mas falsificava as assinaturas de papai e mamãe. Se eu falsificava o dez, podia falsificar as advertências também.
De modo que mamãe tomou um susto quando sua filha carita de anjo recebeu uma suspensão e foi chamada para conversar com o diretor da escola.
Carlão era delegado de polícia e diretor da escola nas horas vagas. Ou vice-versa.
Osasco não era uma cidade fácil. Delegado de polícia de Osasco, também não.

Nós tínhamos medo dele, especialmente quando passava pelos corredores, para fazer a ronda.
Mas ele nos pegou numa das atravessadas do hino nacional. Eu e minhas amigas estávamos camufladas, cada uma numa fila, cada uma entrando num tempo. O hino virava o caos. E eu fui a escolhida para ser castigada. O diretor me mandou subir no lugar mais alto do pátio, e hastear a bandeira sozinha.
Não fazia o menor sentido. Que porra de castigo é esse? Subir no palco e ser o centro das atenções do colégio inteiro. Todos olhando pra mim, que tinha que hastear a bandeira. Eu me sentia uma medalhista olímpica.
O que eu não sabia é que hastear a bandeira não era tão simples. Tinha que puxar uma corda de arame para baixo, outra pra cima, ao mesmo tempo. O que exigia força, além de uma certa coordenação motora.
Pensei: até aqui o castigo tá muito bom. Mas esse arame tá puxado...
Foi quando Carlão, vendo que, não bastasse atravessar, eu podia atrasar o hino, chamou o pior aluno da escola, grande, gordo, repetente e delinquente, para me ajudar.
Aquilo era o céu. Eu admirava aquele garoto, cujo nome não me lembro, mas também terminava com ão.
E fiquei lá na frente e no alto naquele dia, ao lado do Ão, enquanto todos cantavam certinho o hino nacional.
Devo ter levado advertência. Devo ter assinado a advertência.
Mas vacilei. Num outro dia, eu e minhas amigas nos empolgamos com as pichações na parede do banheiro. Deixamos correr solto. E fomos pegas pela bedel.
Minha mãe, diante do delegado, dizia: esta pessoa não é minha filha. E ele puxou minha ficha corrida. Tinha de tudo: falsidade ideológica, vandalismo, desobediência civil, terrorismo.

Os palavrões que minha mãe ouviu da boca do Carlão e que eu havia escrito...
Mamãe ficou muda. Eu, então, nem se fala. Até que ela sacou uma carta da manga: eu e meu marido estamos nos separando, e ela não está bem.
Divórcio era meio escândalo nos anos oitenta. E essa carta fez Carlão se calar.
Eu olhava para ele incrédula. Eles estavam falando de expulsão, e minha mãe ia conseguir me salvar com esse papinho?
Era muita impunidade para um dia só. E assim foi. Não fui expulsa, tive apenas que mudar de classe. Caí da turma A para a C. Bedel, madre superiora e delegado de polícia.

Derrota.
Começa com de.
Uma explosão. Um tiro. Na perna.
No peito, passou perto.
Na cabeça. Minha cabeça é dura, meu amor.
No coração. Sim. Aí você ganhou.
Meu coração é meu órgão mais vulnerável.
É um músculo, que pulsa. Com ritmo.
Pulsa alto, sempre foi assim.
Não se anime, meu querido. Se você pensa que ganhou algo ao acertar meu coração, entre na fila.
Meu coração é vagabundo. Ele dá pra qualquer um.
Antes de você, vários fizeram o mesmo.
Alguns, os melhores, sem intenção.
Meu coração se anima por qualquer um. Por qualquer uma.
Meu coração se anima com gente, com bicho. Com cheiros. Com objetos. Com formas. Com sons. Com o que sequer existe.
É um vagabundo, meu amor.
E, quanto mais ele se anima, mais sabe que vai doer.
Ele é corajoso. Porque é covarde, como você.
E dói. É um músculo, apenas. Cheio de sangue. É ocupado com seu ofício, bombear, manter o fluxo do que circula e é vermelho. Não pode parar, ou o sistema todo entra em colapso. Avisa do perigo. Relaxa quando sente prazer, e aí é quando seu som se torna mais alto, porque não dá pra escutar. É responsável.
Como não iria doer quando é atingido?
Entre na fila. Junte-se aos outros.
Machucar meu coração não te torna especial.

Desespero.
É o que a palavra diz, mas você não lia antes.
Esperar o que você espera, e não tem jeito, espera, e negar que espera você já tentou várias e várias, não adianta, até o limite, então espera, e desiste, e pede, e fica na espera, e esperneia e tenta, e segue na espera, e seu coração diz desiste, e você desiste, e se descobre na espera, até o limite que não tem fim. E desespera. E acha que este só pode ser o fim da espera. E não. E espera. E deixar de esperar é um milagre. Você não sabe como chegou aí.
Desespero. Deixar de desesperar pela espera. E finalmente deixar de esperar.

De novo na varanda, que agora está quente.

Minha irmã mais velha veio me visitar. Meu filho veio ver a tia.

Eles saem para passear com minha cachorrinha.

Vou atender uma paciente e sinto enjoo. Atendo mesmo assim.

Ela está em crise com a mãe. Lotada de mãe até o talo.

Peço pra ela botar pra fora. Falar. Xingar. Escrever. Expressar. Tentar esvaziar.

Mãe. Que inferno estar lotada de mãe.

Digo a ela que vou fazer um reality show chamado big mom. Que big brother é fichinha, quero ver os participantes se virarem no big mom.

Antes da sessão, minha irmã me fala que minha mãe contou a ela que estava feliz. Que, em nosso último encontro, sentiu que eu finalmente a amava.

Caraio, mãe. Estamos juntas há quarenta e nove anos.

E que minha mãe perguntou a ela: você acha que ela me ama?

Caraio, mãe. Com essa cena, você me mata. Era para eu matar você.

Minha irmã responde a ela que acha que sou a filha que mais a ama.

Sem comentários. Minha irmã é foda. Sempre foi.

Escuto, e não sinto nada. E digo a ela que o que eu sei é que fui a filha que mais dei trabalho a ela. Ela me disse.

Quando ela me disse isso, há pouco tempo, descobri que ela me amava. Com quarenta e oito anos.

Descobri isso ao contar esse diálogo numa sessão de terapia, para uma mulher cuja lembrança, agora, enquanto escrevo, me faz chorar. A que fiz de tudo para que ela não fosse minha mãe. A que tenho evitado por meses lembrar. Maria.

E falo para minha irmã, cínica, o que eu fiz para merecer esse título? Quase fui expulsa da escola. Engravidei quase adolescente... cansada de puxar minha ficha corrida.

E que, para ser justa, escutei há pouco tempo da minha madrasta que eu fui a que mais dei trabalho a ela, dos três.
O enjoo passa. As lágrimas que quis tanto segurar, caem.
Mãe é foda.

Acordo assustada de novo, de algum sonho que me deu medo e faz meu coração se assustar, como o meme do esquilinho que acorda sozinho numa árvore, se assusta com o barulho do trovão, e toca o coração.

Eu vi este meme um milhão de vezes nos piores momentos. Ele sempre acalmava meu coração. A fofura e a braveza, ali, para rir.

E me viro para descobrir o travesseiro e me lembrar de você, me acalmar. Nesta hora de acordar, pensar que o travesseiro era você era loucura, e não importava. Que bom ser louca, que bom ter você.

E hoje quem está lá é ela. Toco seu cabelo e tomo um susto. É ela. Não você.

E me viro para ver quem é ela. Não quero escrever para não tornar pequeno o que é gigante. E é por isso que nunca digo a ela te amo, nas milhões de vezes em que ela me fala isso. Não posso, minha irmã.

Como posso ter nascido com ela já ali para mim? Qual o sentido de ela ter vindo antes para que a vida fosse segura, bonita, engraçada e leve?

Por que uma filha da puta tão bonita, forte, bem-humorada?

Por que nunca entendi de onde veio sua força e sua doçura?

Ela me chamava de fraquinha. Eu nunca pude vencer dela em nada.

Hoje a toquei, chorei, e pedi uma foto desse momento. A foto da última cena do filme da minha vida. Aquela cena em que você entende tudo, e em que o público diz: acabou o filme? Mas ela não fica com ele?

A cena em que milhões de mulheres dizem: eu entendi. E outros milhões dizem: que merda de filme.

A cena final, onde só a lágrima te diz que você entendeu. Nunca as palavras.

Conto a ela, antes de dormir, parte do que passei estes últimos tempos.
Ela sente muito, me diz, e você está passando por isso sozinha.
Conto para que ela me diga algo que me salve. Ela me pergunta, ele é bonito, pelo menos?
Sim, ele é.
E mostro uma foto do meu não namorado.
Af, é bonito, preferia não ter visto.
Não sofri à toa, a mulherada ficava louca com ele.
Digo a ela que ele me disse brincando que eu era sua assistente espiritual.
Ela para. Isso é bonito, nega.
Fica em silêncio.
Isso transcende o carnal.
Ela vê, eu não. Caraio, ela é foda mesmo.
Digo que ali eu entendi que eu poderia ser sua assistente, no trabalho. E que isso me machucava, parecia outra forma delicada de dizer: meu amor, vem cá, sai dessa.
E conto pra ela que eu não acredito que eu consigo deixar de querer ele.
Ela deita, eu também.
E, quando acordo, entendo. E desentendo no segundo seguinte.
Como um sonho que te enche de medo, e faz de você um esquilinho assustado. Ou como um esquilinho que prefere ter uma noz na mão no lugar do seu coração.

Seja imperfeito, pelo amor de deus.
Mais que imperfeito, seja o capeta.
Sujo, mau, inconsequente.
Não ético, inconformado, pequeno.
Seja lascivo. Me traia.
Me dê desculpas esfarrapadas. Me abandone.
Se arrependa e volte, com a cara lavada.
Mostre que sabe como me fazer te perdoar.
Me mate de tédio. Me faça falar mal de você pelas costas.
Me faça me sentir insegura e pequena. Se assuste com minha reação.
Me diga que sabia que eu era louca. E ria comigo.
Ria de mim, quando algum amigo te contar da última que aprontei.
Sinta-se afortunado. Diga que não entende por que gosta tanto de mim.
Morra comigo, até o fim do mundo.
Que está tão próximo.
Me chame de meu amor, ainda que saiba que este amor é nada, diante do que você ama de verdade.
Traia a sua verdade.
Descubra o defeito que mais te irrita em mim.
Se sinta gigante diante de minha pequenez.
Fique comigo por compaixão.
Se arrependa.
Fique comigo por obrigação.
Tenha um filho comigo. Que vai te dar dor de cabeça, vai te exasperar.
E vai nos fazer sorrir. Para sempre.

Veja quão ordinária eu posso ser.
Igual aos bilhões que aqui estão.
Aos zilhões que aqui estiveram.
Veja e agradeça o quanto rastejei e lambi o chão, por você.
A água que verti, por não ouvir sua voz.
A não ser dentro de mim.
Na horizontal, igual a todos.
Na vertical, a lei é a da gravidade.

Por que você agradeceu??
???
????????????????????????????????????.?....??!!!!!?!?!?!!!.???????????!???????
?????.?.

Tomo café da manhã com meu filho.
Ele está preocupado comigo.
Eu o acalmo.
Seu jeito de ser é muito bonito, mãe. Mas é difícil.
Tive que criar um homem que pudesse me ver. É bom.
Até isso não te faz especial.
Todos os outros antes de você me pediram o mesmo.
Você ter conseguido não te faz especial.
Me faz desejar que você seja feliz.
Só isso.
Se eu pudesse escolher, inclusive, seria ele.

Qual era o nome do filme?
Alta fidelidade.
A capa dos Beatles. Meu primeiro amor era louco por Beatles.
Que sorte. Sempre sempre sempre me trouxe doçura. É possível um mundo novo onde Beatles seja proibido?
O que você quer? Que ele, o amor-perfeito, não tenha um primeiro amor também?
Uma banda, um cheiro, uma flor.
Um olhar, um toque, e a lembrança dela, de outro amor antigo, de uma menina do colégio, e talvez, veja que bonito, de uma professora?
A mulher dele te lembra sua primeira professora. E você se apaixonou por ela, na segunda série.
Tia Marilda. Como na grande família.
Ela tinha olhos claros, a pele branca, e a doçura e delicadeza da mulher dele.
E te ensinava coisas que te interessavam. No caso, aprender a escrever. Segunda série.
Não só isso. Você morria de medo da sala de aula, dos outros alunos, da sua casa, tão quentinha mas tão assustadora.
Marilda era a mãe boa. Sua voz era doce, num tom de cuidado e autoridade. Com ela, você aprendeu a desenhar palavras. As letras.

Você ia ao recreio porque era obrigada. Preferia ficar na sala com ela, mas não podia. E ia para fora, no pátio gigante, morrendo de medo de ser chamada para brincar.
Não queria descer pro play. A rainha da festa.
E lá, sozinha, se distraindo com as próprias unhas, esperava a hora em que a professora te pegasse pela mão. Ela fazia isso. Como podia só ela ver e saber o que você mais precisava? Atenção e cuidado. Com delicadeza, pelamordedeus. Porque você

não sabia quando haveria delicadeza novamente. Podia ser, podia não ser.

Estou traindo minha mãe, que me pedia alta fidelidade. A melhor filha.

Morra, homem velho, sob os escombros da casa vendida para pagar dívidas.
Silencie a boca que conta memórias que já não interessam ao que vem, ao que é novo e não pede licença.
Chore, mulher velha, e saiba partir também. Chore pelo amante que torrou sua herança, em troca de promessas de amor.
Silencie. Abandone-o, se ele insiste em ser esquecido, enquanto brada seus últimos gritos.

Calma, meu amor.
Você já está desmoronando.
Antes de pular em outro abismo, se dê conta de que todos nós,
Cada um de nós,
Está caindo também,
Que os abismos estão em toda parte,
Para todos.
E que sua vida, meu amor,
Também importa.

Crazy lives matter.

Pai, por que vocês dois não se separam?
Nem me lembro quantos anos, era pequena.
Se mete com a sua vida, merdinha.
Para nunca mais perguntar.

Tumor

O nome dela era Marciana. Veio de Marte também, obviamente. Estava no estacionamento onde o pai do meu filho trabalhava. Tinha que esperar carona para ir pra casa. Tinha que esperar as compras. Enfim, tinha que esperar. Nunca foi minha melhor habilidade.

E eu vi. Ela e ele. A risada escancarada dela, cliente do estacionamento. O sorriso dele, que ultimamente poucas vezes eu via. Pensei: foda-se.

Tempos depois, uma ligação no celular dele. Estou em casa, ele não, eu atendo. Era ela. Íntima. Escancarando as portas da minha casa. Onde eu me submetia a estar sem querer estar, por obrigação. A casa onde dormia meu filho, ela não podia entrar. Disse a ela para ligar no fixo, no estacionamento, e lhe dei o número. Apenas isso. E não disse mais nada. E me organizei para sair de lá. Pedi ajuda a ele para isso. Ele me ajudou.

Foi a segunda vez que o vi chorar. Chorei junto. Me senti vilã. Quantos anos para me perdoar?

Comprei meu carro, um Fiat 147 marrom. Chamava ele de saboneteira, e amava meu primeiro carro. Como eu, ele esquentava nos momentos mais impróprios, o que me obrigava a andar com uma garrafa pet para refrigerá-lo. Tirando isso, era valente e cabia em qualquer espaço. Nunca fui boa de estacionar.

Precisava arranjar emprego logo, e fui até a igreja de são Judas Tadeu pedir. Nunca havia feito isso antes, de ir até uma igreja só para pedir, mas apelei.

Arranjei trabalho numa editora católica, pertinho dessa igreja, no Planalto Paulista. Ganhava bem e era meio período, meu único critério. Meio período, para ficar o máximo de tempo com meu filho.

Na entrevista, a freira superiora fez uma cara quando eu disse que era separada. E, nessa hora, lancei mão de uma carta: disse que estava me divorciando, e que estava sendo muito difícil para mim.

Ela caiu. Como o Carlão.

E usei a mesma carta para chegar atrasada e estender o horário de entrada, até chegar num acordo que fosse bom para mim, para poder almoçar com meu filho.

Nessa entrevista, foi a única vez que o chamei de marido.

Quando o circo pegou fogo e eu vi, fui eu que desci as escadas.

E, quando o circo pegava fogo, eu pude contar com ele todas as vezes, no que tinha relação com nosso filho. Bastava apertar o botão de emergência, e ambos estávamos juntos, disponíveis e em ação.

Quando eu precisei dele, a resposta foi não. E quando impus, em vez de pedir, ele aceitou e deixou de ser amigável.

Eu sustentei por anos a maior parte das despesas. O que eu queria fazer a mais, nem cobrava. Viagens, roupas, brincadeiras, festas, livros. O que realmente era essencial para mim, não quis que entrasse em discussão. Já bastava o quanto me esforçava para discutir e negociar o básico. Que bode eu tive disso. Para um homem que não queria gastar comigo, uma mulher que odeia pedir e negociar o que lhe é caro. Deu match.

Ele ganhou, por muito tempo. Eu me perdoo. Apenas o pai do meu filho.

Mário, o que eu espero de você eu já recebi.

Caramba, como é estranho dizer isso.

Dar o ponto final.

Você me salvou.

Acordo e me lembro da última memória da casa da infância. Ela me bateu, ele disse tanto faz, eu saí correndo para a rua, para fugir. Quatro anos, perninhas gordinhas, um esquilinho rebelde e ruidoso.

Ela grita com ele pra eu voltar, ele acha engraçado tamanha rebeldia numa menina tão pequena. E sabe que eu vou voltar. Por isso acalma minha mãe, que sempre teve o coração mole por mim. É por saber que eu vou voltar que ele ri.

Minhas pernas e o chão da calçada. Eu consigo, ele vai ver. Nunca um chão tão grande, nunca os muros tão grandes, nunca a avenida tão cheia de carros, nunca antes tudo tão gigante. Sem ele, o mundo era maior ainda. E perigoso, tão grande, tão ruidoso. A descoberta do abismo.

Voltei correndo. Para as pernas dela, que chorava. Ele ria.

Por essa memória meu coração sangrou, aos borbotões. Pus um arpão, e segurei firme. O sangue tingiu de vermelho, meu deus como é lindo o vermelho, meu lençol.

A pressão do vermelho. O que não pede licença e sai, porque sim.

O alvo e puro tingido pela surpresa. O algodão encharcado, criando relevos na mistura com o líquido.

O cheiro de ferro invadindo o quarto que cheirava a limpeza.

A mão que segura o que precisa ser segurado, sem questionar.

A paz.

Ele sentiu orgulho de mim, porque eu consegui sozinha.

Sim, eu sinto prazer.

Criança leio um livro, descubro o belo em letras, num objeto que cabe em minha mão.
No sofá, com as pernas abertas, a cabeça afundada na cabeceira, a cara séria e o olhar fixo.
É tão bonito onde estou que me dá vontade de morrer.
Então é perigoso.
Peço a ele, que nunca responde, só escuta, para um dia poder entender as palavras que me fazem sentir isto.
Ele sorri diante de um pedido tão absurdo. Que criaturinha ambiciosa.
E só por isso, pelo absurdo, ele diz sim.
Íntimos.
Meu pai me ama.

Eu nunca sei, quando sinto dor, se estou fingindo.

Volto a dormir pra relaxar. Estou aflita. O peito dói, e alguma outra parte do meu corpo, que agora esqueci.
Acordo e vou de novo atrás de você, no travesseiro. E sonho acordada que agora é você que está atrás de mim. Meu corpo estava antes todo envolvido em cordas, que você pôs em mim, para que ficasse quieta, como um pedaço de carne para ser maturado.
E você me deixou um braço e uma perna, para tentar escapar.
Te dá tesão me ver fugir de você. Quanto mais me esforço, mais você goza.
E você decide quando a carne estará no ponto, que você escolhe.

Passa os dedos em mim, para saber se tem sal o suficiente. Se verti sangue o suficiente. Se chorei o suficiente.
Eu guinchei. Eu quis escapar. E minha única condição para estar ali era saber se você me comeria.
Mas você vendou meus olhos, para que eu não te visse. E pôs o laço em minha boca, o suficiente para respirar alto por ela, caso precisasse. Você sabia que eu ia precisar.
Estou com o sutiã que comprei para você. Para te trair, o usei no segundo em que o comprei. Eu queimo enxovais.
E sonho que você, por trás, toca meu seio. O sutiã é azul como o poema que você declamou para mim. Que eu nunca esqueço. E, ainda por trás, desce por minha vértebra, até chegar no osso que trinquei. Toca a imperfeição, toca meus ossos. Sobe e pega a minha cintura, onde há carne e também gordura. Você não me diz o que gosta ou não. Eu sei pela pressão dos seus dedos. Seus dedos, sua mão, e sua pressão, me informam que o que me dá vergonha te dá fome. Como um animal. Eu reajo como um animal. Também.

Flores de azul turquesa, inundação no vale abaixo
Abundância de seda, uma joia de valor
A lua crescente, e o filho querido
São comparações

Ninguém antes cantou palavras tão soltas
Ninguém pode compreender seu significado
Sem escutar toda a canção

A pintura dourada se desborra ao ser completada
Isto mostra a ilusão de todas as coisas
Isto prova a passagem de todas as coisas
Pense e então praticará a lei e a consciência

A inundação varre o vale abaixo
Logo torna-se fraca e dócil na planície abaixo
Isto mostra a ilusão de todas as coisas
Isto prova a passagem de todas as coisas
Pense e então praticará a lei e a consciência

Arroz cresce no vale abaixo
Logo pela foice é colhido
Isto mostra a ilusão de todas as coisas
Isto prova a passagem de todas as coisas
Pense e então praticará a lei e a consciência

A roupa suave de seda logo é cortada pela faca
Isto mostra a ilusão de todas as coisas
Isto prova a passagem de todas as coisas
Pense e então praticará a lei e a consciência

A joia preciosa que você admira
Logo pertencerá a outros
Isto mostra a ilusão de todas as coisas
Isto prova a passagem de todas as coisas
Pense e então praticará a lei e a consciência

Os pálidos raios da lua logo se desvanecem
Isto mostra a ilusão de todas as coisas
Isto prova a passagem de todas as coisas
Pense e então praticará a lei e a consciência

Um filho querido nasce e logo se vai para sempre
Isto mostra a ilusão de todas as coisas
Isto prova a passagem de todas as coisas
Pense e então praticará a lei e a consciência

Estas são comparações que canto
Espero que você se recorde e as pratique
Preocupação e trabalho sempre existirão
Então, deixe-os de lado e pratique agora a grande consciência

Se você pensa que amanhã é o momento de praticar,
Logo descobrirá que a vida passou.
Quem pode dizer quando virá a morte?
Pense sempre nisso e dedique-se à prática.

(Milarepa)

Quando meu coração se enche de tristeza
Enquanto espero
É quando mais desejo que a alegria venha
Para todos
Por isso, eu te amo

Antes de dormir, mudo de lado na cama. Ocupo o lugar que era dele. Demoro a pegar no sono, a angústia agora é minha amiga, e assim que a reconheço posso dormir.
Acordo e sei quem está do meu lado, sem susto, apenas uma surpresa cotidiana e boa.
Seus pelinhos macios, meu amor, eu conheço.
Nas ruas, quando a tocam, sempre o mesmo comentário: que pelo macio.
Esta é você, minha bebê.
Está com faixas, teve um dia do cão. Tivemos os três também, eu, minha tia, meu filho. E foi também louco e divertido. Exageramos, brigamos e demos risadas, juntos.
Você sabia, minha cachorra, que ontem ia ser dureza. Entrou na faca, arrancaram um bife de você. Ficamos os três esperando. Fomos dar uma volta no bairro, e tudo que falávamos e fazíamos queria dizer alguma coisa. Por não querer dizer nada. Poesia.
Ela está na minha cama, e não é sempre que faz isso. Está com um colar azul, para evitar que lamba a cicatriz. Tão bonitinha, parece que dorme num túnel, o mesmo túnel azul do qual você saiu quando foi adotada. Me falaram que você emergiu lá do fundo do tonel, fazendo caretas e pisando na cabecinha dos irmãos, para ser adotada, ou apenas para vir para a luz. Você já devia estar puta de ser pisada, balançada, com fome e com sede, eu te conheço, minha pequena, tão fofa, mas você é o cão.

E agora dorme ao meu lado. Seu pelinho macio, sua respiração, que alegria ter você aqui.
Essa cena me trouxe lembranças de entender quem eu sou. Que eu perco de novo, e deixo que voltem ao caldo de onde vieram. Como você, lembranças e memórias sobem para mim, mostrando seus dentinhos fofos, lambem meu rosto e minhas feridas, ou ferem um pouco mais para sarar mais em seguida. Como você, tenho sido atacada pela ternura, tenho recebido explicações que me salvam, me curam, me lambem.
É como se dentro de mim emergissem milhares de minha cachorra. Afiadas e ternas. Leais. Dão trabalho e não se importam.
Milhares de dálmatas, que 101 é pouco.
Eu respiro. Dói ser amada.
Escrevo para não perder os filhotes. E eles escorrem das minhas mãos, como água.

Ela ela ela ele ele ele
Eu vou morrer
Meu deus, eu vou morrer
Tenho que ir ao Petz comprar o remédio pra ela
E eu vou morrer
Respiro, ponho o roupão, estou sem pele
Meu coração se junta ao meu estômago
Eu vou morrer no caminho
Volto pra cama, de novo ele
É só um roupão
É só medo
É só respirar mais um pouco
É por ela

Vou ao shopping encontrar velhas amigas. Deixo minha cachorra de colar, sustentando a velha fúria sussurrando em meu ouvido histórias de terror por ousar abandonar quem eu cuido. A escuto, a ignoro.
Compro roupas que nunca usei antes. O que eu nunca usaria é o que quero vestir agora.
Na Zara, a vendedora me pede para passar as tags pelo QR Code antes de entrar na cabine. Passo uma, um trabalho para poupar o trabalho deles, e provar antes da acusação minha inocência. Presunção de inocência, Zara, eu entro sem taguear, e se você provar que estou roubando nós conversamos.
Chego em casa e me lembro de um sussurro seu, como a cobra do meu paraíso. Escuto a canção que não me diz nada, e é bonita. É verdade. Foi isso. E tudo de nada vale se você não está.
Deito na cama, me enrolo. Sou uma bola de fel. Todo o meu doce por você desprezado.
Você gosta de amargo?

As roupas que escolho agora mostram o que banco mostrar.
Fui até o pet shop para dar banho em minha cachorrinha, antes da cirurgia.
Chega o homem que vai dar banho nela. Escolho abandonar a mulher que por anos deu banho nela e em quem eu confiava. Porque sim. Quero um lugar aonde posso ir a pé.
O homem chega atrasado, e diz que vai demorar. Sem falar quanto tempo nem por quê. Digo a ele que marquei horário e que se ele vai atrasar eu cancelo o banho.
Ele me olha e fala que o banho vai demorar uma hora, o tempo normal de banho, num tom relax. Dá o truque de você não

entendeu o que eu disse. Algo como: o que eu acabei de dizer não foi o que eu disse.
Ele estava pegando outro cachorro, de encaixe, para dar banho antes da minha.
A atendente tinha acabado de perguntar se ele podia encaixar. E ele ia encaixar. Se eu não soubesse rosnar.
Digo que uma hora é ok, mas quero que ele dê um banho o mais rápido possível, porque ela está com um tumor e está nervosa.
Ele pega ela no colo e sai andando. Faço ele parar.
Como eu disse, você pode escutar? É importante. Ela está com um tumor na coxa esquerda, você pode ver? Aqui.
Ele vê. Eu olho para seu olho para me certificar de que ele vê.
Não machuque o tumor dela. Seja delicado no banho. Seja rápido. Use xampu neutro, ela tem alergia a perfume. Não precisa secar até o talo. Não passe perfume depois do banho. Você entendeu?
Ele apenas balança a cabeça, pega ela no colo e sobe as escadas, em vez de ir ao local habitual de banho, no térreo.
Pergunto: você vai dar banho lá em cima, tem vidro para que eu possa te ver?
Ele não responde, balança a cabeça e sobe.
Eu vou atrás, bem atrás.
E fico parada do lado de fora, descaradamente vigiando.
Ele ri, conversa com seu companheiro de banho. É delicado com ela. Me olha. Volta ao banho.
Relaxo. E fico na sala, esperando e observando.
Estou com um shorts curto, sentada com as pernas abertas e apoiadas no banco. Passa outro homem. Olho para ele apenas para me certificar se vai me olhar e se eu vou gostar ou não desse olhar. E não desvio o olhar do olhar dele. Ele pega água e desce as escadas.
Desço para pagar. Quando subo, ele está rasqueando minha cachorrinha. Do lado direito. Fico no vidro, e assim que ele

parte para rasquear, de um modo não muito gentil, o lado esquerdo, bato no vidro.
Ele não ouve, bato mais forte. Ele me olha e eu digo: o tumor, pode parar.
Ele para e me entrega a cachorra. Me diz sorrindo que tirou uns nozinhos que estavam em volta da ferida. Digo que vi, estavam lá porque ela estava lambendo. Ele sorri e diz, sim, é verdade. Somos amigos agora. Agradeço e vou embora.
E só então me lembro que foi ele que viu, no último banho, as unhas que ela tem a mais, e ele as cortou e me alertou. É uma unha que poucos cachorros têm, por isso ninguém vê, e as dela estavam compridas, machucando sua carne.
É assim que quero me enganar com as pessoas agora.
Uma bola de fel. Eu me lambo, e aprovo ser meio amarga.

O louco e o sujo e o sem dinheiro trabalhava na padaria de meu pai.
Cravos de ouro, numa esquina de Osasco.
Seu nome, Ricardo.
Ninguém mais iria comprar pão num lugar onde o atendente não tinha dentes.
Acontece que, sem dentes, ele sorria.
E meu pai disse que o emprego era dele. Os clientes, não.
E deu casa, o fundo da padaria, para que ele tomasse banho, penteasse os cabelos, e pudesse mostrar, a todos que ali comprassem pão, ou pinga, sua beleza.
Que ele sempre mostrou e poucos viam.
Atrás do balcão de pinga. Porque ele era bom de conversa, e de sorrir.
Atrás do balcão de pão, meu pai colocou minha vó, sua sogra.

Cujo sonho era escrever seu nome. Cacilda.
Com seus dedos gordinhos, ela mostrava que não sabia ler, mas sabia contar pães quentinhos.
Atrás do caixa, eu e minha irmã, e minha mãe.
Vendia cigarros para homens e para crianças.
Hollywood, e muitas vezes Oliúde, era o que mais saía.
Ricardo gostava de Elmo. O mais barato e, diziam, o mais forte.
Forte é um eufemismo para o que te mata mais rápido.
Nosso pagamento, meu e de minha irmã, era um salgadinho e dois sorvetes.
Eu era milionária.
Eu sou milionária.

O ditador brinca com a Terra enquanto chora.
Elon Musk, você também sente falta dela?
Querida...

Longa é a dor do pecador, querida
Breve é a dor do trovador, querida
(Tom Jobim)

Virgem: o processo foi um sucesso. Você quis ressignificar o masculino, mirou no amor acertou na solidão, descobriu que tem coração, sabe dar limites. É só agradecer e vida que segue, meu amor.

Peixes: lembranças de nós doooooissss, retratos e cançoooooões, um filme de amoooooor que nunca chega ao fim, quem sabe se voceeeeeeeê ainda pensa em mim...........

Temperança

Eu gosto de punk. Eu gosto de rock.
Eu gosto de línguas que eu não conheço, que me acompanham, me dão ritmo, me embalam.
Eu gosto de descobrir que pessoas morreram para embalar minha existência. Sem pensar em mim, mas porque dançaram a própria vida.
Eu amo a generosidade desses desconhecidos.
Eu gosto de samba. Eu gosto de sertanejo. Eu gosto de pagode.

E amo música clássica, a ponto de evitá-la, para não morrer tão depressa.
Eu amo o mistério que me habita, que é íntimo até onde eu não sei.
Eu amo saber.
Eu sou também. E este também exige de mim a mais refinada matemática, na qual eu sempre tirei a nota mínima.
Eu sou de humanas.
Eu sou humana, também.
Você me contorce, me machuca, eu sei que humano é você, que não está aqui.
Eu posso esperar. Eu sou temperada.
E, a cada manhã, eu não posso esperar.
Eu me perco. Nas diferentes maneiras em que quero acabar.
Nas milhões de desculpas para seguir esperando.
Nas invenções de mim mesma para sobreviver, me descubro também.
E me vejo no mesmo ponto.
Qual o sentido?
Me vejo igual a milhares. Perdida por um único. Pelo menos, não sou mais apenas eu.
Esse único deixou de ser o nada e o tudo. É alguém com rosto, voz, corpo, história.
E isso me faz descer para me fazer insistir em ter rosto, voz, corpo e história.
E faz eu me ver como sem fim.
Eu sou inimiga do fim, quando sou embalada por vida e música, ou por um fim.
Eu sou a primeira a ir, quando me dou conta de que estou brincando com o nada, que poderia estar aqui, e não está.
Você, agora, é nada.

E volta a ser tudo, no instante que segue.
Brinque com isso, meu amor.
Você precisa morrer, ainda que tenha embalado a minha existência.
Você fez música. Eu sou uma criatura viva. Você agora é música, meu amor.

É uma puxada pra cima, outra pra baixo, ao mesmo tempo.
Estou hasteando alguma bandeira?

Na piscina, escuto música, leio um livro.
Estou na praia, na verdade, me diz uma vizinha que chega.
Falamos. Paramos de falar.
Na água, deitada, nariz e boca pra fora.
E só então me sinto completamente só.
Meu deus.....................................

Não permita, Deus, que eu morra
Sem que que eu volte para lá.

As músicas voltam a ser músicas.
É possível, isso?
Em casa, mais tarde, olho pro nada que volta a ser nada.
O que eu fiz?
Como no banheiro onde achei que ele estava morto.
Meu deus, o que eu fiz?

Acordo antes do tempo.
As peças se encaixam, e eu escolho.
Sou livre e só. Para brincar e para levar a sério.
Fazer um amálgama do desconhecido e do que sei.
Quem sou eu na fila do pão?
Sigo dizendo sem dizer e isso agora me dá nojo.
Igual a todos.
E especial.
As palavras que repito me dão nojo.
Dou um passo para trás, deixo que o que emerge fique, aqui.
Desassociação. É o que minha terapeuta me pergunta na sessão de ontem.
Quero escrever um livro, e ontem dei o ponto final para meu livro.
E, ao fazer isso, digo a ela que não sei se o livro acaba no ponto que defini, porque ele não tem fim.
Ela sugere que outros livros virão, e que eu tenho problema com limites.
Traição.
Eu me traio quando me dou limites?
Ou me traio quando respeito limites que me dão?
Conto a ela que fui testemunha de Jeová, e falar de ontem em vez do agora é me trair.
Me dou limites. Deixo que o que veio e do que quero falar se misturem com a memória de ontem.
O que veio é grande agora, e pode ser pequeno também.
É como deixar escoar a água que você quis por uma década beber.
E confiar que deixar escoar é o melhor que você pode fazer diante do não sei.
E sei.

Toda a minha ambição escorre por minhas mãos, e eu choro sem chorar.
Fria e quente, com olhos abertos.
Volto para a sessão de ontem, tem algo lá que quero juntar ao aqui.
E sinto pelo aqui que deixo escorrer.
Covarde.
Quem você salva quando só tem duas mãos?
Covarde.
Eu entrei sabendo. E esse não é o tema deste livro.
É do outro, o que escolhi lá atrás manter no computador. O que me pede tempo, elaboração, responsabilidade.
Covarde.

Acordo e descubro que fui amante sim, real e oficial, por dez anos. É real e não é. Porque foi num ambiente laboratório placebo. Mas fui. O real vivido na fantasia é real. A fantasia é real. Emoções fizeram seu papel, de mover, o mesmo que elas fazem aqui. Potencializadas.
E movimentaram vidas. Fizeram história. Porque lá era um mundo feito para isso. Para que o falso movesse o real. Como na magia. Como na macumba. Como brincar de Deus.
Descobri isso cedo. E joguei fora os relatórios que pudessem me indicar o quando exato. E me lembro que foi quando o vi pela segunda vez.
Ali eu vi que ele era eu. E quis bebê-lo. O impacto de ver alguém e se ver, Narciso. Foi a primeira vez. E se jogar na água para ir atrás de si mesmo.
Não sei se isto é o começo do próximo livro ou o final deste.
Esse é o trabalho da edição.

E vou dando passos, na loucura e na lucidez, na brincadeira com o fogo, no comando das águas, na busca do ar.
Eu amo ser real.

Covarde, posso tomar café.
Covarde, posso editar meu livro.
Covarde, posso definir meu dia, estudar meu piano.
Covarde, como um rato, posso voltar para a academia.
Covarde, posso organizar meu trabalho.
Covarde, posso estar aqui.
Covarde, sim, tenho vida.
Me deem um troféu Covardia. Sigam me ignorando. Sejam felizes, bravos.
Covarde, eu sou.

Salão do reino das testemunhas de Jeová

Era criança, onze, doze.
Pergunto a minha mãe estes dias, Mãe, por que você, sendo católica ou Seicho-no-ie, colocou a gente pra ser testemunha de Jeová?
Filha, assim vocês saíam de casa, iam rezar, melhor que sair por aí sem rumo. Você não gostava?
Ahhhhhh, Jisuis.
Eu gostava. Achava a roupa ridícula, mas era roupa nova. Amava as meias-calças, para não mostrar as pernas, mas meu deus como eram bonitas.

Eu sempre arranjava um jeito.
Achava todos chatos naquele salão. Os menininhos certinhos de gravatinha. Que ficavam dando em cima da minha irmãzinha. Todo mundo se chamando de irmão, aquilo me dava nojo. Eu devia inclusive fazer cara de nojo.
Todo mundo aqui quer pegar todo mundo e tá todo mundo se chamando de irmão, mermão?
Mas isso era eu por dentro. Por fora, eu era um anjinho.
De franjinha.
De sapatinho.
De saiona.
Maaaaaasssssss... De meia-calça. Aquela meia era da Madonna. Vocês não veem ou fingem que não veem?
Sentava do lado da Elisabete. A vizinha que nos arrebanhou. Eu amava Elisabete. Eu queria ser como a Elisabete. Ela parecia uma das panteras, a de franja. Alta, linda, inteligente.
Mais ou menos. Quando a questionei, fofa:
— Elisabete, quantos mesmo vão para o paraíso?
— Cento e quarenta e quatro mil.
— Hum... só?
— Sim.
— Conta os que já morreram?
— Sim.
Hum... Essa conta não fecha.
— Minha mãe, meu irmão (meu pai já tava fudido), não vão pro paraíso?
— Eles não estão com a gente.
Hum...
Ali, me desassociei.
Maaaaaaaaasssss, desassociada, precisava ser a ovelhinha mais fofa do rebanho.
A mais rápida em encontrar o capítulo e o versículo.
Era um jogo, e eu queria ganhar.

A mãozinha levantava para ler o texto porque eu achei primeiro. Até os livros menores, dos profetas que ninguém dava nada, eu achava.
Levantava a mãozinha, Hermione de Hogwarts.
Disputando com os crentezinhos que davam em cima da minha irmã, não de mim.
Como vocês são burrinhos...
O ministro ou pastor ou ancião me via e sorria.
Ela sabe ler!
Ah, mãe, eu amava estar naquele salão. Elisabete amava ter uma ovelhinha tão branquinha.
Até que um dia entendi por que me desassociei de verdade.
Estávamos estudando a bíblia, na casa de Elisabete.
E eis que surge um homem, com a voz grave e suave, e bonito pra caralho, do nada.
Meus olhinhos de ovelhinha pegaram fogo. Quilômetros e quilômetros de papel-bíblia foram queimados ali.
De onde veio esse tiro?
Ele veio, falou alguma coisa, foi embora.
— Meu marido, meninas, André.
Olhei pra minha irmã mais velha, eu vi que ela viu o que eu vi e fingia, melhor que eu que sempre dei na cara, que não viu.
— Ele é desassociado, não podemos falar com ele.
Hã?
Mas...
Gente, é duro. Ninguém faz sentido neste mundo.
Até que mamãe, sempre ela, nos prepara outra surpresa no mundo maravilhoso de capeta versus deus.
— Filhas, vocês vão fazer uma sessão de fotos com o marido da Elisabete.
Eis um mundo onde, quanto mais você pecar, mais recompensada serás. Contanto que mantenha seu bico calado.

E lá fui eu. Sempre quis parecer bonita em fotos. Nunca consegui. Fui animada pelo fogo do senhor e desanimada por experiências passadas.

André, o infalável, falava. E coloca uma lâmpada vermelha para aquecer o ambiente. E joga meus cabelos pra frente. E pede pra olhar pra baixo e pro lado. E diz que não é pra sorrir, só um pouco, como quem sorri muito por dentro mas não mostra. E pede pra colocar a perna na frente da outra, mas não muito, para as duas aparecerem, e, com tudo isso acontecendo, relaxar. E repete, sim, tá bonita.

Eu entrei num liquidificador ali. Eu só obedecia, só que nunca obedecer foi tão bom. Elisabete estava na sala ao lado, para não atrapalhar. Eu só queria que a sessão acabasse logo e não tivesse fim.

Mamãe pagou por isso??????

A primeira noite de um homem.

E quando as fotos foram reveladas só eu vi ali? Lolita. Mal se via a menina, que dançou.

Por essa igreja, eu dou glória.

Gente, eu sou uma crentezinha.

Mamãe mostra feliz as duas filhas indo para o salão do reino.

Papai olha e atira: são duas putinhas? Vai tirar essa meia-calça.

O que me incomodou de verdade foi o inha.

Mamãe briga com papai. E a meia-calça branca de bolinhas fica.

Game of Thrones. E eu seria trouxa de me meter?

Vou ao shopping, compro lençol, na saída vejo uma menina vendendo bala de goma.
Brinco com ela, de ler números, a desafio, ela pede pra brincar de novo, ficamos ali e não quero ir embora.
Quero ir pra casa dela, quero que ela me mostre suas bonecas, seus carrinhos, seus bichinhos.
Quero ir à praia com ela, catar conchinhas, fazer juntas um castelo de areia, destruir o castelo, entrar no mar.
Caçar peixes, fugir de água-viva.
Tomar um sorvete, deitar na areia.
Olhar o sol, correr da chuva.
Dar risada.
Só isso.

Durmo. Me lembro de mim bebê, ou invento uma lembrança.
Na cama, em paz. Barriguinha cheia, fraldinha limpinha, tá tudo certinho e vou fazer o que faço de melhor, dormir.
Vem uma mulher, que estressada! Me olha, está aflita, mas se acalma ao me ver dormindo. Gata, se tá bom pra você eu quietinha aqui, melhor pra mim.
Ela sai.
Onde eu vim parar? Que gente estranha...
Esquece, dorme.
Ahhhhh, eu sei fazer isso.
E durmo, fora da lembrança, aqui.
Acordo. Com tesão. Vou me tocar e o morto, que não morre, parece o filme *Um morto muito louco*, tipo quanto mais morre mais vivo está, volta. Atrás de mim, grudado no meu pescoço.
Penso que tá tudo bem mas não pode estar. Que guerra inglória é esta? É todo dia? É toda vez que acordo?

E brinco, em vez de brincar, que a criança vem pedindo espaço aqui dentro.

— Mas é um encosto mesmo...

E rio. Na verdade, gargalho. E não consigo parar de rir. E, quando paro pra respirar, vejo que perdi o trem da história. Agora fiquei louca de vez. Bati o pino. Atravessei o samba. Pirei.

E rio, rio, rio.

Morro de vergonha dos vizinhos.

Mas sei me fingir de sã. Meu amor, eu te convenço da mais alta sanidade em dois tempos. Pensa numa pessoa que sabe fingir lucidez.

E rio solta.

Encosto.

Quem tem medo de encosto?

Acordo tarde, como há muito tempo não.

Acordo com esperança de estar mais acordada.

Vejo uma notícia, de que a mulher que matou a família com um bolo envenenado se matou na solitária.

Não consigo definir o que sinto. Assassina em potencial. Amante em potencial.

Lembro da minha prima, de quem ninguém quase fala, nem eu, que matou o namorado.

Com veneno. E fogo.

E mais ainda não consigo definir o que sinto.

Da família do meu pai, onde mulheres escolheram estar sós.

Sinto vontade de pegar a mão dela, ir à praia com ela, brincar de areia com ela, ver os peixinhos com ela, olhar nos olhos dela, sorrir com ela, sem dizer palavra.

Só isso.

Criança, falava com ele o tempo todo. Já que mamãe disse que ele via tudo o que eu fazia.
Que audácia! Que falta de privacidade! Como poderia isso ser bom?
Mas era bom. Às vezes, acho até que muitas vezes, eu achava que ele me escutava.
Quando ganhei uma cachorrinha. Só minha.
E às vezes, acho que muitas vezes, não.
Quando minha cachorrinha me mordeu, sem querer, e sumiu.
Obriguei mamãe a ir atrás dela, numa favela perto de casa.
Semanas de cara fechada, choro e reclamações.
Ela estava grávida, embaixo de um carro, toda machucada.
Meu deus, quando a encontrei.
Voltamos pra casa, com ela no colo. Sua respiração. Eu só queria que ela me perdoasse.
Era pequena, teve dois filhotinhos. Ficamos com um deles por um tempo, branquinha, Xuxa.
Minha casa tinha se transformado num hospital. Eu havia visto dois bebês nascer. Não havia como ele não me escutar.
Só não falava.

Me mudei para um prédio velho e novo.
Era um antigo prédio comercial, cheio de arquitetos.
E agora, novo, é residencial.
Em minha casa velha, tinha só o espelho do banheiro. Via só meu rosto. Quando via.
Eu e aquele banheiro, íntimos.
Em minha casa nova, comprei um espelho assim que minha terapeuta mandou eu me enxergar. De corpo inteiro.
E reparo que os elevadores, velhos mas novos, têm espelho.

Tome espelho, fia!
Quase sempre, me vejo e escuto: você é gostosa, quero te comer.
E respondo: espelho, seu bobo.
Tem dias, menos dias, que me vejo e digo eu mesma: filha, você precisa se cuidar.
E viro os olhos, ahhhh, tá bom.
É assim que sou narcisista. Primária, secundária, terciária, não importa.
Minha barriga sempre esteve comigo. Um dia uma amiga me disse: gata, aceita a barriga, teu corpo é de índia.
Tenho rainhas na barriga, então.
E as vejo nas ruas, essa nova geração, x y z, millennials, com a barriga de fora, sem sutiã, peitos caídos ou não.
Quentes como o inferno.
Gostosas.
É assim que sou narcisista agora. Com olhos para salivar e admirar as mulheres com corpo e narcisismo.
Amo.

Fumando enquanto escrevo, uma mulher que trabalha no prédio onde moro se senta comigo.
Bonita, como o inferno.
Seus filhos estão com a avó, na Bahia.
Ela quer vê-los, mas precisa trabalhar.
Com seu dinheiro, seu filho lhe conta que comprou um tênis novo.
Seus olhos, tão lindos e profundos, se enchem de água.
Quis ir pra piscina do prédio com ela.
Regras idiotas não nos permitem ser.
Linda, esta mulher. Estão com a avó, que é o céu.
Sim. Elas são.

Simone, meu amor, isto é ser mulher. Tornar-se.
Ciclos, mortes, sacrifícios. Alegria, beleza. Se veem, querem estar juntas.
Ser mulher, Simone. Tornar-se. Querer que o mundo se torne um lugar cheio, fértil, entregue. Alegre, Simone.
Como a risada de uma mulher.
Que faz os homens tremerem.
Com sorte, sorrir. Juntos.

Acordo, depois de viver um sonho intranquilo.
Procuro uma imagem, Cersei.
A caminhada pela cidade. O que senti ontem e escolhi dormir com o que era meu.
Shame on me.
Eu gosto dessa expressão, porque tira a vergonha de um lugar infantil e inocente para acrescentar o que só agora posso nomear: responsabilidade.
Eu fiz, é meu. *Shame on you* eu usei, por décadas. *Shame on me* é amor agora.
É duro. É tenso. Quer quebrar alguém, mas não é esse alguém que fez. É você mesma. *Shame on me.*
Não estou só. Aquele em quem eu jogava a culpa me acompanha. Em silêncio.
Ele apenas acompanha. Eu quero xingar e o palavrão não sai. Saiu antes, eu me lembro. A repetição aqui é inútil.
Shame on me.
Brinquei com meu sentimento mais caro. Joguei no chão meu tesouro, para estar junto das outras mulheres, que contavam suas experiências amorosas, sexuais. Quis ficar igual, quis pertencer. Me joguei no chão, e elas sequer viram.
Shame on me.

Quis acusar o outro de fazer isso comigo, mas era eu ali, pega no ato.
Fico muda. Me sento na mesa do bar. Nada naquela mesa, nada que é dito, rido ou falado, as piadas, as brincadeiras, me dizem respeito. Meu respeito por mim, ali, jogado no lixo.
Shame on me.
Me levanto, saio. Sem desculpas, a não ser para minha amiga, digo a ela que vou indo, minha cachorrinha, a cirurgia...
Ela sorri.
Me levanto, e caminhando vou tentando machucar o outro, que está comigo.
Tentando jogar para ele a batata quente, pesada, que está comigo agora.
Procuro uma faca, um bastão, algo para quebrar. Estou nua.
A cada passo na rua um pedaço de roupa suja, velha, cai.
A roupa me dá vergonha. Cega, afiada, odiante. Para matar alguém. Para ferir. Para humilhar.
Mas é meu. E, se é meu, eu carrego. Olhos fixos, passos duros.
Eu posso carregar.
O outro que eu quis bater, xingar e humilhar caminha. Tenta conversar, quer que eu atire nele para me mostrar em cena.
Não hoje. É meu, eu carrego. Quero jogar em sua cara, explodir a raiva em você, não agora. Agora eu seguro o que não defino, mas é meu.
Chego em casa. Minha cachorrinha. Eu ficaria horas fora, e a deixaria sozinha, se lá estivesse bom em vez de tão ruim. Que bom que foi ruim. Escuto um só assim pra você agir certo.
Escuto, e deixo cair. O que me machuca que machuque, brade mais alto, que daqui eu apenas escuto.
Bato o interruptor. Bato a porta do micro-ondas. Bato a porta da geladeira. Olho pra ela, me abaixo, peço pra ela comer a comida que sirvo. Tento ser doce, estou amarga. Ela come.

Dou a última dipirona. Peço pra ela engolir, dando beijinhos em seu focinho. Ela engole.
Me deito, ponho Bob Esponja na TV. Ele e Patrick descobriram as palavras feias, e saem falando, chocando a cidade. Patrick disse para Bob que essas palavras eram apenas um realçador, que dava mais sabor ao que era dito. Descobrem a vergonha.
Desligo, vou dormir. Com o que é meu.

Ciúme. Ser trocada por outras. Ser trocada por outro. Ser trocada por algo.
Ser avaliada, pesada.
Se sentir mercadoria. Deixar que seu valor seja dragado pelo que vier.
Deixar cair no chão o que lhe é caro.
Para poder receber um afago, um sorriso, um abraço.
Ser trocada como mercadoria sem valor.
Acusar o outro de fazer com você o que você já fez, justamente para não se sentir assim.
Se riscar toda para não correr riscos.
Ciúme.
Se quebrar.
Quebrar o outro.
Por ciúme.
É meu.

Eu não me calo.
Mas há lugares onde só é possível estar em silêncio.
Não por respeito.
Por sobrevivência.

Lido comigo como o bêbado e a equilibrista.
A trapezista dançarina despertou a paixão de um anjo no filme alemão.
Desejo.
Ele abriu mão de estar à parte, observando a humanidade, e desceu para ser gente.
Esse casal que sempre esteve aqui agora habita minha casa, minha pele, meus dentes.
Eles resolveram confessar que vão ficar juntos.
Separados, estavam psicóticos.
Juntos, encontram a paz.

Foi em 2016. Minha experiência com a ayahuasca.
Eu estava prestes a morrer, antes do meu encontro com a planta.
Havia passado por trabalhos nesse retiro psicoespiritual onde me vi indigna. Como quando você se vê e agora é impossível se desver.
Havia me lembrado de um estupro, havia me lembrado do meu padrasto, que nos expulsou de casa com seu alcoolismo e com o abuso de heroína.
Havia me lembrado de mim mesma, me colocando em situações inseguras com homens, guiada pelo desejo de ser amada por um homem.
Aquilo havia quebrado algo em mim naquele retiro. E eu deixei de confiar no outro. O outro, o outro, o outro.
Os terapeutas, os amigos, as amigas.
E, quando tomei o chá, pedi a ele que me mostrasse o que eu não estava vendo, porque eu já não aguentava mais.
Em minha vida, eu queria morrer.
Dívidas com bancos, filho adolescente deprimido e rebelde, ex-marido onde eu não sentia apoio, minha família diluída.
Meu namoro fracassado.
Meus amigos que já não faziam sentido.
A vida havia tomado outro caminho nos últimos anos, um que eu não imaginei que teria que percorrer.
Eu sempre amei a vida.
E nos últimos anos havia fumado sozinha na janela do apartamento em São Paulo, falando com ele, o que só escuta. Dizia sem dizer que só não iria tirar a minha vida porque eu amava viver, e eu me lembrava disso.
Sozinha, o cigarro e deus.
E, naquele retiro, eu estava sozinha de novo.
E diante dela, da planta, eu pedi. Com fé. Me deixa ver.

Minha esperança era encontrar o nome de alguém de quem eu pudesse me vingar.
Porque naquele momento eram tantas as memórias, e tantas as pessoas, que eu havia me perdido. O foco.
No instante em que bebo o chá, tudo vai embora, e eu estou sozinha. E esse sozinha parece o contrário do sozinha em que eu estava antes.
Já não havia na equação o outro, o outro, o outro.
Eu apenas era. Eu apenas estava. E a sensação era inebriante e silenciosa.
E minhas pernas se mexem, conversam comigo, falam comigo.
Meu corpo fala comigo, e eu escuto.
Nessa hora foi perguntado no grupo quem queria tomar a segunda dose.
Escuto minhas pernas, as que eu amo, e me levanto.
Ao pegar a segunda dose, um terapeuta me pergunta, olhando em meus olhos: você tem certeza?
Respondo, nos seus olhos: eu quero trabalhar.
E quando volto para meu lugar minha mão esquerda fica gigante, como num desenho animado, e golpeia minhas pernas. Golpeia.
A brutalidade volta, e eu volto a ser criança me sabendo adulta.
Não me levanto. Grito. Urro de dor. Eu quero escutar. Eu quero ver.
Meu braço direito passa entre minhas pernas agora, e eu sinto prazer. Me lembro do estupro e sinto prazer.
O que me lembro agora, quase dez anos depois dessa experiência, é do urro que dei quando outro homem veio me estuprar na escadaria da estação de trem.
Eu havia visto ele lá em cima, na ponta da escada.
Meu coração pediu para fugir.
Eu estava grávida, com folhas em pastas em meu peito, indo para a USP.

Havia me magoado com o pai do meu filho, porque ele não pôde me levar para a faculdade naquela noite.
Então eu fui sozinha. E olhando para o homem, eu subi as escadas.
Quando nos cruzamos, ele me atacou. Meus papéis desceram as escadas, se espalharam, aquilo foi o que me chamou a atenção.
Eu gritei, e ele tampou minha boca enquanto pressionava meu corpo contra o muro da escadaria.
Apenas parte de minha boca. Ele bateu em meu rosto, e meus dentes cortaram minhas bochechas, que sangraram.
Mas parte de minha boca gritou, a que ficou livre.
Ele me dizia: quieta, cala a boca.
Ele me pedir silêncio ali, onde eu estava, como eu estava, foi o combustível para minha voz.
Eu gritei mais alto: não.
Ele se foi.
Esse urro, esse grito, esteve comigo todas as vezes em que precisei.
Quando uma mulher no prédio em que eu morava ameaçou meu filho e os filhos do zelador.
Quando um policial me parou numa blitz.
Quando os cachorros da praça ameaçaram se pegar.
Quando a maternidade quis tirar meu filho de mim.
Quando um homem quis bater em meu filho no buffet infantil.
Quando, quando, quando. Muitas vezes.
Quando digo o que sei que digo, ninguém fica em meu caminho.
Eu fico comigo.
Eu urrei nessa experiência com a ayahuasca. De prazer. E só me lembro agora. Não do grito, porque eu não o escutei.
Mas agora eu sei.
Eu urrei de prazer.
A força da minha voz, desse grito que percorre meu corpo inteiro e sai como sai.
E causa no outro, no outro, na outra, espanto. Vergonha.

Fui tomada por louca. E vi esse mesmo espanto nos olhares do outro. E fiquei comigo.
Busquei apoio, busquei alguém. A solidão de ser lúcida é terrível.
Sustentei com ele, o homem por quem me apaixonei, um fio de confiança.
Um quadro de Daiara Tukano é a imagem do que me fez cair no amor.
Fall in love.
Caí em seus braços, e é isso o que eu não esqueço.
Apenas em seus olhos, eu não vi repressão. Nos olhos dele. Na voz dele. Um olhar, e eu caí.
O único homem com quem segurei um fio de confiança.
De anos de solidão, por urrar não.
Por anos de riscos e violências, por urrar prazer.
Quando acordo, penso: é por isso os olhares?
Os olhares de todos naquele retiro. Como quem olha um bicho.
Eu vi esses olhares antes, e depois.
Shame on you.
A vergonha é de vocês. Do outro, da outra, das outras.
As poucas vezes em que essa voz saiu de mim, foi para dar o limite.
Um guardião me habita, e meu olhar para ele é de gratidão. De amor. E de vergonha.
A vergonha de ser cuidada dessa forma pelo que mora aqui em mim. Essa voz que eu não reconheço, que não digo que é minha.
Se ela me habita e sai em minha defesa, se ela me dá prazer em vez de dor, como posso dizer que não é minha?
Agora, é. Ela sorri enquanto confesso que também a amo. Ela me pega no colo, eu a beijo.
Alguns homens que estiveram nesse retiro me disseram sem dizer que me escutar libertou seus medos.
Um deles me disse que me ouvir e ver o fez acreditar que havia mesmo algo além, espiritual.

Outro me falou que me ouvir gozar o fez querer sentir o mesmo, instinto.
Outro apenas pegou em minhas mãos e me colocou no grupo, para a foto final.
Nenhuma mulher desse retiro me olhou nos olhos para falar nada dessa experiência. Se afastaram, me deram a faixa de louca, para não se contaminar.
Shame on you.
Permiti a várias mulheres, as amigas íntimas, que me passassem essa faixa. Ainda que minha voz tantas vezes tenha se levantado para defendê-las.
Outras mulheres, minha mãe, minha irmã mais velha, me amam porque sabem da minha voz.
A Laura é assim, elas dizem.
Eu sou esse grito sem noção. E sou também a alegria.
Que meu grito contagie, meu amor. Que meu guincho e minha voz se espalhem e contagiem a loucura que é de vocês.
É sorte.
Eu amo minha expressão, ainda que a reação tenha sido a que eu vi e sigo vendo. Espanto. Silêncio. Incompreensão. Afastamento. Eu fico comigo. Isso sou eu. Eu fico comigo.

O quadro a que me refiro é **A queda do Céu e a Mãe de todas as lutas**.

Assisto Minari, e fico triste com a briga do casal. Vejo a dor dos dois, o trabalho duro, o ressentimento, e me dói.
E fico feliz de ver o pai com o filho, como ele impulsiona o filho para aprender, para voar.
E me lembro de novo de meu pai. Tão poucos momentos como este; sim, foram poucos.
E acredito de verdade que foi o melhor que ele pôde me dar.
O que ele me disse antes de morrer. Que o que ele fez com a gente era seu único arrependimento.
Meu maior desejo agora é que ele não se arrependa.
Que se perdoe. Que tenha orgulho de si mesmo. Que saiba que amou e foi amado.
Da maneira possível. E única.
Nesta vida encarnada.
Eu me perdoo por sentir tanto sua falta. Me perdoo porque fiz do pouco uma massa gigante de ressentimento e desconfiança. Que retorna para mim com juros, com abundância de empatia e de perdão.
Sou eu quem me perdoo, meu pai.
E recebo de ti o tesouro que me deste. Com as pedrinhas, quero ladrilhar ruas, para que todos possam passar, e sentir, viver, experimentar, como é bom ter pai.

Assisto Anora.
Me apaixono por ela de cara.
Doçura, inteligência, companheirismo, sagacidade, humor, ternura.
Ani.
E, vendo o filme, vejo seu coração quebrar. Eu desistiria do marido, mesmo tão jovem, bem antes.

Eu desistiria.
Ela, aposta tudo.
E me pergunto se apostei tudo nestes últimos meses.
Sim, acreditei que você se casaria comigo, Mário.
Acho que isso é o que tá me amargando agora.
E você segue, casado, vivo, vivendo sua vida, sem falar comigo.
E nem vai falar. Não teria por quê.
Quando te procurei, me disse que neste momento não é a melhor pessoa para me ajudar. Me aconselhou a pedir ajuda, rapidamente.
E segue. Casado. Terapeuta. Sua vida.
O pouco que sei dela.
E eu fiquei aqui, nestes últimos meses, criando um casamento em minha mente.
Entendo a projeção. E quero que ela se foda também. Porque dói.
Ela doeu num filme. É uma personagem de ficção.
Os personagens apenas servem, não é mesmo?
Movimentam, emocionam, ensinam, confundem.
Nosso casamento falso. Nosso amor falso. Serviu.
Me serve.
É isso o que tenho que aprender? E é o falso que tenho que deixar para trás.
Se você deixa, meu querido, eu deixo. Sem prazer.
Dói. Chego irritada, troco o remédio de minha cachorra, ela sente dor quando tiro o adesivo que colou em sua pele. Puxei. E disse a ela: coragem, minha pequena, vai doer, mas tem que sair.
Você tem que sair de mim. E não sai.
E está saindo. Aos poucos, vou ocupando seu lugar. Entendendo que a projeção dá lugar ao real, e concordo que é MUITO MELHOR TER EU MESMA CUIDANDO DE MIM do que você.
E, assim como Anora, eu sinto muito.

Eu realmente sinto muito.
Que você cuide dela, escolha ela, fique com ela, eu entendo. Não é algo impossível de entender.
E que eu fique sozinha, eu entendo, e, creia-me, é a REALIDADE MAIS FÁCIL DE ACREDITAR. Não é nem um pouco difícil de acreditar.
Mas dói.
Porque você, sendo Vanya, também foi Igor para mim.
Essas cenas, onde Igor me lembrou você, no falso ambiente em que vivemos, doem pra caralho.
E EU ENTENDO A FUNÇÃO PEDAGÓGICA DE VOCÊ TER SIDO IGOR.
Foi bom ter vivido isso. E é claro que tinha que acabar. JÁ ERA TEMPO.
NÃO ME SINTO MENDIGA POR SENTIR O QUE SINTO.
Eu vou cuidar de mim, e seguir cuidando. Eu REALMENTE MEREÇO um IGOR em minha vida.
Alguém que cuide de mim. Que faça o que você fez.
OBRIGADA POR TER ME MOSTRADO O QUE EU MEREÇO.
Eu realmente acho triste você partir, com essa frieza.
Volto no táxi pensando se realmente não existe esse homem, que FOI, PASSADO, VOCÊ, para mim.
E é difícil, mas não impossível.
Talvez exista. Talvez não aqui. Minha irmã me disse uma vez que talvez eu encontre lá fora o homem que me trate com o respeito que eu mereço.
Talvez por isso eu queira tanto ir para fora.
E DEIXAR DE VEZ A ESPERANÇA DE QUE VOCÊ SE APAIXONOU POR MIM, OU QUER MESMO CUIDAR DE MIM.
Você fez promessas. E elas fazem parte da armadilha para tornar verossímil o remédio que me cura.

E a voz que diz em mim que você pode UM DIA, NÃO NO MOMENTO, ME DAR O QUE TANTO QUERO DE VOCÊ, a esta voz eu DIGO NÃO.
Porque você sequer se apresentou para mim aqui fora. O TOTAL DESPREZO é o que tenho de você.
Quem sabe você não me estala o dedo, me manda uma mensagem, manda um GIF, E ISSO SERÁ O PARAÍSO NA TERRA SE APRESENTANDO.
Que eu seja mais inteligente do que estou sendo, que eu me livre das pessoas que podem trazer você, memórias de vocês.
E eu acho o trabalho de vocês maravilhoso. E quero mesmo que vocês sigam espalhando o que é bom para o mundo.
Por mais bonito que tenha sido, isso tudo ser pedagógico, isso faz de você um GAROTO DE PROGRAMA MUITO CÍNICO.
E EU REALMENTE AGRADEÇO, ME SERVIU. E QUERO QUE VOCÊ DESAPAREÇA DA MINHA VIDA.
QUE EU NUNCA MAIS POSSA VER VOCÊ NA MINHA FRENTE.
É o que eu peço do fundo do meu coração. Que eu possa viver minha vida.
NÃO ME IMPORTA NÃO ENCONTRAR MAIS NINGUÉM. NÃO ME IMPORTA. QUE EU NUNCA MAIS TRANSE COM NINGUÉM, QUE NUNCA MAIS ALGUM HOMEM SEJA O QUE O QUE VOCÊ FOI PRA MIM, NÃO ME IMPORTA. NÃO É O QUE EU QUERO. ACHO MILHARES DE HOMENS MAIS ATRAENTES QUE VOCÊ. POSSO ME ATRAIR POR MILHARES DELES.
Mas, se agora vou querer deles o que você me deu, que assim seja. Que assim seja.
Mas você, meu amigo, meu irmão, meu companheiro leal. SEGUE SUA VIDA. E ME DEIXE SEGUIR A MINHA.
QUE VOCÊ SIGA SUA VIDA, E QUE ELA SEJA BRILHANTE. EU REALMENTE DESEJO ISSO PARA VOCÊ.
A MINHA ÚNICA CONDIÇÃO É NÃO TER MAIS TER QUE OUVIR FALAR DE VOCÊ.

Acordo depois de dormir só de calcinha. Acordo e não me lembro do sonho.
Acordo e me lembro com prazer do que senti com um homem no Rio de Janeiro, de uma primeira vez que nunca mais voltou.
Sua barba na minha pele me jogava num turbilhão. Eu pedia mais e ele me dava.
Seu corpo me segurava, enquanto eu me despedaçava, desintegrava.
Eu me assustava e ele estava ali. Forte, sério, firme.
A noite toda.
Seu corpo dava contenção ao que eu não sabia.
E quando eu dizia não, ele parava. E ele responder me jogava de novo no mar sem fim, e eu só ia porque ele estava ali.
Várias vezes o não. E sua resposta pronta, ali.
Ele me olhava e em algum momento eu disse que queria que ele sentisse prazer também.
Ele sentiu, só ele, uma vez apenas, e meu corpo o sustentou.
Não tinha nem cabimento. Para a intensidade do que eu vivi.
Quando tudo passou, depois de tantas mortes, eu estava ali.
Ele, não mais.
Era sua falta que agora me cobria.
O que eu senti ali? Depois de passado.
Cadê você que está aqui?
Voltamos de barco para o lugar onde encontraríamos minhas amigas.
A beleza daquela cidade, que pra mim sempre foi um homem jovem passando. Livre, no ritmo. Luz com sol com brisa com calor com mar. O som perfeito. A malandragem de apenas ser, e saber que é. Mais nada.
O Rio anda quase nu, apenas com a pouca roupa que lhe cai bem. Enquanto caminha, dança e canta. Baixinho. Quem o vê vive. E sorri. Ou cria uma música.

O museu do amanhã.
Ele falava pouco, eu olhava a cidade. Quando o veria de novo?
Eu vou morar no Rio de Janeiro?
Largaria tudo para estar com ele. Apenas por aquela noite.
Quanta bobagem.
Meu corpo estava marcado e doía. Braços, pernas, roxos. Meu rosto inteiro ardia. Peeling.
Quando o veria de novo?
Tortura.

Acordo e me lembro dele, a pedra, não do outro homem.
Tortura.
Me impeço de seguir esperando ele, e respondo pra mim mesma o quando: nunca mais.
Choro. Alívio. Ainda assim, tortura.
Nunca mais, como sempre. Eu me respondo.
Como sempre, meu amor.
O momento do depois, nunca mais.
O fim, melhor que a tortura da espera.

Eu corro atrás do signo, que me despeja diferentes e vários significados.
O tempo todo.
A cada novo significado, um presente.
E cada mimo eu deixo cair no chão.
Cada novo significado para o signo que já passou, eu deixo cair.
Eles já não me servem. E não quero que grudem em mim, como antes.
Eu corro atrás do signo. O arbitrário.
O que não quer me dizer nada, e ri de minha cara.
Eu vou atrás dele. Vou atrás do tudo.
E rio eu mesma de mim.
E ele vem atrás de mim, jogando mimos no caminho.

Acordo de madrugada. Fui dormir cedo ontem, então faz sentido acordar agora. O dia havia sido intenso, eu fui dormir cansada, exausta, apenas o corpo nu e um cobertor azul-escuro, e era só isso o que eu precisava.

Acordo e me sinto um filhote de rato que nasce pelado no meio do mato. Estou em posição fetal, minha pele sem pele, um filho de rato nascido pelado no meio do mato. Que bom que estou na minha cama, coberta. A sensação de desamparo e de prazer, ao mesmo tempo. Sinto meu sexo vivo. Sinto minha boca. Poderia comer algo. Poderia seguir o pulso da vida, que pede contato. E ali vou me sentindo sem pele e com pele, o cobertor. E vejo que está tudo bem. Ainda assim, choro. Um pouco. As lágrimas vêm, e eu me lembro de uma cena em que ele cuidou de mim. Eu estava de pé, disposta a lutar sozinha, e ele estava lá, dizendo para outro homem que ele não iria bater nelas. As mulheres.

Me lembro dessa cena e choro, porque eu o havia xingado, porque eu havia sido violenta, porque eu havia dito que o queria morto. E fico confusa, eu fiz o que eu precisava fazer. E me pergunto por quê. E me pergunto se eu o machuquei, ou se estava tudo bem. Que ele sabia o que estava fazendo, e me perdoava. E me pergunto se eu posso me perdoar, quando vejo que machuquei quem me protegeu.

Me levanto, e me lembro de um namorado que me apresentou o maravilhoso mundo dos insetos. Ele gostava de besouros, sabia os vários nomes deles de cor. Tinha um olhar para o pequeno, e me contava de toda a grandeza e beleza que havia neste mundo. Eu sigo com medo de baratas. Medo não, eu tenho pavor de baratas. Quando as vejo cruzando meu caminho nas ruas, eu agradeço por elas estarem apenas ali, cruzando meu caminho. Elas que vivem no escuro e abaixo de nós, e são incontáveis. Eu apenas peço a elas para não invadir minha casa, meu sono, não subir em minha pele, porque eu tenho pavor de um ser tão pequeno e tão poderoso. Elas voam. Seus movimentos são erráticos. Elas se escondem. E então elas aparecem, num canto da parede, num rodapé, e elas me desafiam: me mata, ou vou lamber sua boca à noite, apenas porque eu busco a comida pelo cheiro, e sua boca pode muito bem cheirar a comida. Esta guerra sem sentido, e que faz todo o sentido.

E penso no medo que tenho de mim mesma. Da minha sádica. Que é minha guardiã, na verdade. Ontem na praça eu me levantei quando vi que a violência poderia tomar conta de nosso paraíso. E disse o que sempre digo nessas horas, com o braço estendido: parou. E dois homens que estavam prestes a lutar param. E escutam. De novo, a mesma cena. Parou! E eles param. E eu sigo sem entender nada. Por que eles param? E por que eu vou disposta a ser mais violenta que eles, e nunca preciso ser, porque eles param?

E penso no medo que sinto de mim mesma, violenta, e disposta a parar a violência. De como eu decidi que ela é minha, só minha, e que nós podemos estar juntas no mundo. De como brigamos por décadas, de como eu permiti que ela fosse violenta apenas comigo, por não confiar em seu bom senso, por sentir no meu próprio corpo o que a move. E temer.

Hoje estamos num lugar melhor, eu e ela. Ela é minha, e quando ela se levanta eu apenas a acompanho. Ela apenas diz Parou!, e eu a sigo. Ela apenas olha para a confusão e busca entender o que acontece sem entender. Aqui está tudo bem, aqui também, está tudo bem, vamos embora. Um idiota segue gritando, ela o olha apenas, ele abaixa os olhos e se cala. Está tudo bem, vamos embora.

Olho pra ela, e a sigo, aquela que tem poder e o usa. Ela também acompanha, se certifica de que está tudo bem, acalma. Por que eu briguei tanto tempo comigo mesma?

Volto da terapia com um ovo para botar.
Ela diz que já botei, falta assumir.
Me sinto um avião que pousa, mas arremete.
E que no banheiro eu me peguei, e me perdi.
E ela fala que só falta assumir, tem algo a ver com o livro que quero publicar.
E não quero.
Falo de como conheci ele. De como fui atrás dele sem culpa, apenas pelo prazer. Era melhor estar ao lado dele.
De como minha vida estava uma merda, por um fio, de como estava brigando com Deus, por ter perdido a vontade de viver.
Ele = prazer.
Bonito, jovem, inteligente, risonho.
Engraçado. Não me dava limites. Eu ficava ao lado dele, tirava sarro dele, ele ria.
Eu o amei quando o conheci, e faço um biquinho de birra enquanto escrevo.
O brinquedo, o arquinho, o doce.
E as meninas, fúrias, me julgando. A outra, a outra, a outra.
Conto da experiência da ayahuasca. De um amigo me aconselhando e eu dizendo não. Ele vindo em seguida, me pegando no colo, e me dando chão, apoio.
Meu vínculo com ele.
Tudo ou nada é o que me veio na meditação com ele, da última vez que o vi. Tudo é igual a nada, na verdade.
E há dois dias, me sentindo abandonada por ele, e por ela, eu repetia: nada. Nada.
Doeu. Eu não tinha o que fazer diante do nada. Ligar pra ele, não. Ligar pra ela, não. Eles não me respondem mais.
Nada.
É o que eu toquei. Nada. Foi falso, foi num ambiente controlado. Foi lá. Foi nada, aqui. Foi placebo.

E lá, tudo?
A suspensão da realidade para viver o sonho. LÁ, TUDO.
Aqui, nada.
E me lembro de Maria misturando o tudo e o nada na nossa última sessão.
O que não era permitido, permitido.
E eu aqui, e lá.
Ora aqui, pra onde peço para estar.
Com dó de deixar o lá.
O lá. Foi onde ele me amou. Onde fui tudo. Passado.
Deixar algo para trás.
Publicar o meu livro. Meu tudo particular. O que é nada para eles, para o outro.
Meu tudo é nada.

Vômito

MEU AMOR, VOCÊ NUNCA VAI TER
EU PROMETI QUANDO ERA CRIANÇA, SUA PUTA
QUE EU ME VINGARIA
E SIGO ME VINGANDO
EU NÃO PARO POR VOCÊ
EU SÓ PARO QUANDO MINHA CRIANÇA SENTIR QUE ESTÁ EM PAZ
EU NÃO VOU DEIXAR DE NEGAR MEU AMOR A VOCÊ
ENQUANTO ELA, A MINHA CRIANÇA, ASSIM QUISER
A MINHA CRIANÇA NÃO PERDOA
EU NÃO TE PERDOO
MINHA CRIANÇA NÃO TE PERDOA
ELA PROMETEU NÃO TE AMAR
ELA ESTÁ CERTA
NÃO SE AMA UMA FILHA DA PUTA QUE BATE EM QUEM DEVERIA CUIDAR
A MINHA CRIANÇA, MÃE
ESTAVA, ESTEVE E ESTÁ CERTA
EU ESTOU COM ELA, SUA FILHA DA PUTA
VOCÊ QUE SE VIRE SOZINHA ATRÁS DO MEU AMOR
DE MIM, O QUE VOCÊ TERÁ É DINHEIRO
E SÓ
Puta que o pariu
Eu devo ser uma prostituta do inferno que está parindo não tem outra explicação para o inferno que existe em minha mente
MENTE DO CARALHO
MENTE DA PUTA QUE PARIU
Vamos lá

Quero descansar minha mente
Eu não aguento mais pensar em mim
Eu quero sair deste lugar do inferno
Eu cansei de mim mesma
Eu não aguento mais
EU EUEUEUEUEUEUEUEUEUEUEUEUEUEUEUEUEUEUEUEUE
UEUEUEUEUEUEUEUE

TENTANDO SAIR DA MINHA MENTE
EU ESTOU DE SACO CHEIO DE SACO NA LUA
NINGUÉM ME AJUDA OU PODE ME AJUDAR NESTA BOSTA
PORQUE EU ESTOU SOZINHA NOS RECÔNDITOS INFERNAIS
DA MINHA MENTE
E APARENTEMENTE ISSO É MUUUUUUUUUUUITO BOM
MAS EU ESTOU DE SACO CHEIO DESTE INFERNO
E SE EU PEDIR AJUDA EU VOU ME FUDER AINDA MAIS
PORQUE VÃO ENCHER MEU CUUUUUUUUUUU DE REMÉDIO
DEUS ESSE FILHO DA PUTA
JÁ QUE É PRA CHAMAR TODO MUNDO DE FILHO DA PUTA
MUITO MENOS MUITO MENOS DEUS HÁ DE ESCAPAR
DO OOOOOOOOOOOOOOOÓDDDDDIIIIIOOOOOOOOOO
QUE EU ESTOU SENTINDO AGORA
E EU ME PERGUNTO SE ESCREVER VAI ADIANTAR ALGUMA
CARALHA
PORQUE EU ESTOU ESCREVENDO MINHA ALMA, MINHA
PAIXÃO, MINHA VERDADE
E NÃO ESTÁ ADIANTANDO PORQUE EU NÃO VEJO SAÍDA
PRA ESSE INFERNO QUE É MINHA MENTE NESTE MOMENTO

EU NÃO SOU MINHA MÃE
DOCINHA FOFINHA LINDINHA
EU ODEIO MINHA MÃE E SEU JEITINHO LINDINHO FOFINHO DE SER
PERGUNTANDO O TEMPO TODO COISAS QUE ELA PODE SABER
SE ELA SE DER AO TRABALHO DE PENSAR

EU SOU A FILHA DA PUTA QUE EU SOU
EU SOU UMA FILHA DA PUTA ORIGINAL
EU TENHO MEU NOME, SOBRENOME, RG, DADOS FÍSICOS, MENTAIS, ESTRUTURAIS, UMA EXPERIÊNCIA DE VIDA ÚNICA,
EU SOU ÚNICA, EU SOU EU
SÓ POR SER EU EU SOU ÚNICA
ATÉ ONDE EU SEI
MESMO QUE EXISTA UM DUPLO MEU EM OUTRO PLANETA OU DIMENSÃO
EU SIGO SENDO EU, ÚNICA, ORIGINAL,
SÓ PORQUE EU NASCI
EU SOU UM SER ÚNICO
EU ODEIO TER QUE FALAR A FRASE: ASSIM COMO TODOS OS OUTROS SERES ÚNICOS
PORQUE ESSA CARALHA É LÓGICA
EU SOU EU, MINHA VIZINHA É MINHA VIZINHA, ELA TAMBÉM É ÚNICA
NASCEU UM ALECRIM DOURADO, DA BOCETA DA MÃE DELA, E, SIM, ELA FOI SEMEADA
EU TAMBÉM NASCI DA BOCETA DA MINHA MÃE, SEMEADA PELO CARALHO DO MEU PAI, E FIQUEI NOVE MESES NO ÚTERO DE MINHA MÃE, E NASCI, TOTALMENTE TOTALMENTE TOTALMENTE TOTALMENTE ORIGINAL

AS CÉLULAS QUE ME ORIGINARAM VIERAM DA MINHA MÃE
E DO MEU PAI
ELAS SE JUNTARAM SOFRERAM MITOSE MEIOSE CARA-
LHOSE
A PORRA TODA JUNTO COM O OVO TODO
FOI ASSIM QUE EU NASCI
UMA PESSOA ORIGINAL, UMA PESSOA QUE NASCEU, REAGIU,
VIVEU, COMEU, CAGOU, TREPOU, TRABALHOU, REPRODUZIU
OUTRO SER ORIGINAL
ASSIM QUE EU SOU ORIGINAL PARA UM CARALHO
DESSE MODO QUERO CONVERSAR COMIGO MESMA E DIZER
MEU AMOR
VOCÊ NÃO É SUA MÃE
VOCÊ NÃO É MARIA
VOCÊ NÃO É SUA IRMÃ
VOCÊ NÃO É SUA CACHORRA
VOCÊ NÃO É SUA TIA
VOCÊ NÃO É SUAS AMIGAS
CADA UMA SENDO UMA

EU ESTOU EMBUCETADA COM AS MULHERES
E EU NÃO QUERO SER NENHUMA PORRA DO CARALHO DE
NENHUMA MULHER
PODE SER QUE LÁ ATRÁS
EU ME IDENTIFIQUEI COM MINHA MÃE
NASCI DELA
FIQUEI JUNTINHA COMO UM CARRAPATINHO NO CORPO
DELA
MAMEI NELA
ELA ME TROCOU
ELA ME BEIJOU
ELA ME DEU BANHO

MUITA COISA ACONTECEU COM O MEU CORPINHO NESSA
ÉPOCA QUE EU NÃO ME LEMBRO
MAS, SIM, ÀS VEZES EU LEMBRO
E EU FIQUEI CONFUSA
EU REALMENTE ACHEI QUE EU ERA MINHA MÃE

MEU AMOR, EU ESTOU CANSADA
MUUUUUUUITO CANSADA
EU GOSTARIA DE ACEITAR QUE ISSO TUDO QUE ACONTECEU
PORQUE ACONTECEU
POR VOLTA DOS ANOS 70 E 80
EU GOSTARIA DE TE FALAR MEU AMOR
QUE TUUUUUUUDO ISSO QUE ACONTECEU NESSA ÉPOCA
JÁ PASSOU

MAS PARECE QUE MINHA MENTE AINDA NÃO ACEITOU
ENTÃO MINHA MENTE LINDA, MEU AMOR, EU SEI QUE VOCÊ
TEM UMA FUNÇÃO DE LEMBRAR
É BOM LEMBRAR
É UMA FUNÇÃO MENTAL
É LINDO
É BONITO LEMBRAR, RECORDAR, GRAVAR
MAS ESTA PARTE NÃO PRECISA MAIS, NÃO TÁ SERVINDO
PRA MUITA COISA
A NÃO SER ME IMPEDIR DE SER FELIZ, DE FAZER COISAS
QUE EU QUERO FAZER
COMO POR EXEMPLO TRABALHAR, SER FELIZ, ESTUDAR,
LER, TRANSAR, ENCONTRAR UM PAR,
O PAR
EU ACHO QUE EU SOU NOJENTA, FALASTRONA, CHATA,
CARENTE, DEPENDENTE, E POR ISSO EU NÃO POSSO TER
UM PAR

EU ACHO QUE O PAR VAI ME ODIAR, VAI QUERER ME TRAIR, VAI TER NOJO DE MIM
PORQUE SIM EU SENTI NOJO DA MINHA MÃE
NOJO
NOJO
NOJO
EU ODIEI O QUE EU VI NA MINHA MÃE
E COMO EU ERA MUITO GRUDADINHA NA MINHA MÃE
EU ACHEI QUE EU ERA A MINHA MÃE
MASSSSSS
EU NÃO SOU MINHA MÃE
EU TENHO DIREITO AOS MEUS PRÓPRIOS E ORIGINAIS DEFEITOS
NÃO PRECISO SER PERFEITA PARA SER DIFERENTE DA MINHA MÃE

EU POSSO SER EU MESMA COM MEUS LINDOS DEFEITOS ORIGINAIS
DOS QUAIS EU POSSO NÃO TER NOJO
PORQUE DOS DEFEITOS DA MINHA MÃE EU TENHO NOJO
E ISSO FAZ COM QUE EU TENHA MUITA MUITA MUITA AVERSÃO A MIM MESMA
MUITA RAIVA
E UMA RAIVA RUIM
UMA RAIVA DESTRUTIVA
PORQUE EU QUIS MATAR MINHA MÃE
EU QUIS POR MUUUUUUUUITO TEMPO QUE MINHA MÃE DESAPARECESSE DA FACE DA TERRA
PORQUE EU ERA OBRIGADA, OBRIGADA COMO TODA CRIANÇA É A CONVIVER COM ELA
ISSO ERA INSUPORTÁVEL
ELA FALAVA PARA UM CARALHO

PALAVRAS QUE FANTASMAS VOLTAM

E NÃO ME IMPORTA SE ELA VAI SER UM SER HUMANO MELHOR
SE ELA É UM SER HUMANO MELHOR
SE EU SOU FILHA DELA COM UMA MISSÃO ESPIRITUAL ELEVADÍSSIMA
SE ELA MINHA MÃE TEM UMA MISSÃO ESPIRITUAL
ESSA BOCETA DE MISSÃO ESPIRITUAL
NÃO ME IMPORTA NEM UM POUCO AGORA
EU NÃO QUERO
CONSTELAÇÃO,
SISTÊMICA,
TERAPIA,
AUTOCONHECIMENTO,
SORORIDADE,
FEMINISMO,
LIBERAÇÃO DAS MULHERES,
MANA,
ORGULHO DE SER FILHO,
ORGULHO DE SER MULHER,
OPRESSÃO FEMININA,
ANTIFEMINICÍDIO,
ANTIFASCISMO,
TODA ESSA CARALHA VÁ PRA PUTA QUE PARIU
TODA ESSA MERDA DO CARALHO VAI PRA PUTA QUE PARIU
PORQUE TUDO QUE EU QUERO AGORA É DIZER QUE DE VERDADE
EU ESTOU ME FODENDO PRA MINHA MÃE
EU ESTOU ME FODENDO PRA SE ELA É BOA OU MÁ
SE ELA ILUMINA OU VAI PARAR NAS PROFUNDEZAS DO INFERNO INFINITO

PORQUE ELA É CHATA PARA UM CARALHO
E EU MAIS CHATA AINDA QUERENDO SER MELHOR QUE ELA
PORQUE EU NÃO PRECISO SER MELHOR QUE ELA
PORQUE EU,
GRAÇAS A DEUS, AO CAPETA, AO EVOLUCIONISMO, AO TAO,
AO ZEN, AO INFERNO, AO CARALHO QUE COMANDA ESTA
MERDA TODA
GRAÇAS A ISSO TUDO
EU NÃO SOU MINHA MÃE
EU NÃO AGUENTO MAIS QUERER ME RELACIONAR COM
ESSA BOSTA DESTE CORDÃO DO INFERNO
ACEITO AS CÉLULAS PORQUE NÃO TEM COMO NÃO ACEITAR
QUE SE EU PUDESSE EU ME AUTODECLARARIA ET
SÓ PELO PRAZER DE NÃO TER QUE DIVIDIR NEM OS GENES
COM ELA
NASCER REALMENTE COMO UM ALECRIM DOURADO NO
MEIO DO CAMPO INCLUSIVE SEM SER SEMEADA PELA POR-
RA DO MEU PAI
EU ADORARIA TER NASCIDO SEM NEM PRECISAR DAS CÉ-
LULAS HERDADAS DA MINHA MÃE, DO MEU PAI, DA PUTA
QUE PARIU
E DOS INFERNOS DE TODAS AS GERAÇÕES ANTERIORES
EU PREFERIA NEM TER NASCIDO GENTE, SE ISSO PUDESSE
ME LIBERTAR DO INFERNO QUE É ESSA CARALHA DE EU
ACHAR QUE DEVO ALGO PRA MINHA MÃE
EU NASCI
TENHO PISTAS DE QUE EU INCLUSIVE NÃO ESTAVA NEM UM
POUCO, MAS NEM UM POUCO MESSSSSSMO, INTERESSADA
EM NASCER
MUUUUUUITO MENOS NO CORPO DA MINHA MÃE
MUITO MENOS VINDA DO MEU PAI

MUITO MENOS NA MINHA FAMÍLIA
ATÉ ONDE EU SEI, NÃO TENHO PROVAS MAS INDÍCIOS,
DE QUE NEM NASCER EU ESTAVA A FIM
E VIM XINGANDO TUDO PELO CAMINHO
ACHANDO UMA BOSTA DO CARALHO NASCER NESTA MERDA
DE PLANETA DO INFERNO NESTA HUMANIDADE DO CARA-
LHO NESTA VIDA MALDITA NESTE INFERNO

ENTÃO PRA QUE EU VOU AGORA AINDA INSISTIR EM QUERER
AMAR MINHA MÃE E ACEITAR
NÃO PRECISA

MÃE, VOCÊ ESTÁ LIVRE
SEJA O QUE QUISER, VIVA O SEU CAMINHO, VAI PRA ONDE
QUISER
E SE VOCÊ MORRER HOJE
NÃO É PROBLEMA MEU
ATÉ ONDE EU SEI EU AINDA NÃO TE MATEI
SE PRECISAR DE UM REMÉDIO PRA MORRER E SE QUISER
MORRER
PODE CONTAR COMIGO, TÁ BOM
EU ODEIO O TANTO QUE VOCÊ FALOU NO MEU OUVIDO DE
CRIANÇA
A MINHA SENSIBILIDADE MERECIA MAIS RESPEITO
EU ODEIO O TANTO DE BOSTA QUE VOCÊ ENFIOU NA MINHA
CABEÇA
EU ODEIO
GRATIDÃO O CARALHO
EU ODEIO O TANTO DE MERDA QUE VOCÊ FALOU SEM PARAR
NA MINHA CABEÇA
EU ODEIO A SUA VERBORRAGIA
EU ODEIO A SUA IGNORÂNCIA

EU ODEIO A SUA FALTA DE FILTRO
EU ODEIO
ODEIO O TANTO DE MERDA QUE VOCÊ FALOU NA MINHA CABEÇA
EU ODEIO TER TANTA FALAÇÃO NA MINHA MENTE
EU ODEIO ESSA NECESSIDADE DO CARALHO DE EXPRESSAR TUDO O QUE VOCÊ SENTE O TEMPO TODO
EU ODEIO A FALSA AMIGA DO CARALHO QUE ERA COMO VOCÊ
ACHO INCLUSIVE QUE ELA DEVE SER SUA FILHA ESPIRITUAL
SE EU ACREDITASSE NESSA CARALHA
ELA SERIA A SUA FILHA
IGUAL A VOCÊ
E ODEIO TODAS AS MINHAS AMIGAS FALSAS, QUE BROTAM AGORA, AOS BORBOTÕES

ACHO NO ENTANTO UMA DELÍCIA QUANDO EU ME SINTO DIVA
QUANDO EU CANTO SOZINHA E IMAGINO QUE TODOS ESTÃO ME OLHANDO E ME SERVINDO
MAS A LEMBRANÇA DE VOCÊ, MÃE, DIVA, ME DÁ NOJO
E AÍ EU FICO COM NOJO DE MIM MESMA
EU SEQUER ME PERMITO SER A DIVA QUE EU SOU E POSSO SER
SOU OBRIGADA A NÃO SER
PORQUE EU ME LEMBRO DE VOCÊ

EU NÃO QUERO ILUMINAR E DEIXAR DE SER DIVA
EU SÓ QUERO SER A MINHA PRÓPRIA, ÚNICA, ORIGINAL, DIVA
PRA ISSO, MÃE, EU REPITO AQUI QUE NÃO SOU VOCÊ
MINHA DIVA É MUITO MAIS INTERESSANTE QUE VOCÊ

FODASSSSE FODASSE FODAAAAAASSSE O QUANTO VOCÊ
ME INSPIROU
FODAAAAAASSSSSSSE FODAAAAAASSSSE
NÃO ME IMPORTA QUEM ME ENSINOU
EU APRENDI E FIZ DO MEU JEITO
E O JEITO É MEU
EU NÃO TE DEVO NADA
NÃO TE DEVO NADA
NÃO TE DEVO NADA
NÃO TE DEVO PORRA NENHUMA

COM O QUE VOCÊ ME DEU EU FIZ O QUE EU QUIS
PAU NO SEU CU SE VOCÊ SE ACHA BOA POR ISSO
FODAASSSSSSSSE
FODAAAAASSSSE TODO O SEU SACRIFÍCIO
FODASSSE
FODASSSE TUDO O QUE VOCÊ SOFREU PARA ME TER
FODASSSE TUDO O QUE VOCÊ PASSOU PARA ME CRIAR
EU NÃO AGRADEÇO

EU PEGUEI PARA MIM O QUE EU QUIS
E EU JOGO FORA O QUE EU NÃO QUERO
EU NÃO PEDI PRESENTE
EU JOGO FORA O PRESENTE QUE EU NÃO QUERO

FODASSSSSSSSSSE
ENFIA NO CU O QUE É SEU
O QUE É MEU É MEU
NÃO ROUBEI
EU FUI OBRIGADA A ESTAR NA CARALHA DA SUA CASA E NA
CARALHA DA SUA VIDA

ENTÃO FODASSSSSE UM MILHÃO DE VEZES
ENFIA NO SEU CU ESSA MERDA QUE VOCÊ ME DEU E EU NÃO QUERO E EU DESPREZO
TUDO O QUE FOR SEU E EU ACHO NOJENTO EU QUERO QUE VÁ PRO INFERNO
HERANÇA DO CARALHO
VAI PRO INFERNO
GRATIDÃO O CARALHO

Acho família uma bosta, filho uma merda, mãe um caralho, pai uma bosta gigantesca.
Acho que esse amor que descubro que sinto por Mário, que agora eu DESCONFIO PRA CARALHO QUE NÃO SEJA AMOR PORRA NENHUMA, É UMA BOSTA DO INFERNO.
FICAR APAIXONADA PELO CARA QUE NUNCA TE LIGOU, NUNCA TE DEU UMA CHANCE, E SIM ELE CUIDOU DE MIM, MAS FODASSSSSSSSSSSSSSSSSSEEEEEEEEEEEEEEEE, É UMA PUTA SITUAÇÃO DE BOSTA DO CARALHO, UMA MERDA DOS QUINTOS DOS INFERNOS, EU NÃO SEI QUE PARTE MINHA QUE PASSA UMAS HORAS ACHANDO QUE ENCONTROU DEUS, O CÉU, O INFERNO, A HUMANIDADE, ESSA PORRA TODA E SE SENTE O SER MAIS ILUMINADO DA FACE DA TERRA, E NA MERDA DESSA FACE DA TERRA EU ACHO TODO MUNDO INSUPORTÁVEL, CHATO PRA CARAIO, NÃO SABE SE COMUNICAR, É BURRO, NÃO SABE O QUE QUER E O QUE NÃO QUER, SÓ FICA ENCHENDO O SACO DO OUTRO, UM BANDO DE FILHO DA PUTA JOGADO NESTA TERRA DE MERDA TENTANDO ACHAR ALGO QUE NEM SABE O QUE É NEM ONDE ESTÁ, UM INFERNO DE BOSTA DO CARALHO, EU ACHO TUDO TUDO TUDO TUDO

TUDO TUDO TUDO UMA MERDA DO CARALHO, EU ESTOU PUTA PRA CARALHO E NÃO SEI QUANDO É QUE VOU DEIXAR DE FICAR PUTA, TENTANDO ME AJUSTAR À BOSTA DA MINHA REALIDADE, ESSA MERDA DE REALIDADE, E NÃO VENHA ME FALAR QUE EU NÃO ESTOU USANDO TODOS OS MEUS ESFORÇOS PRA ENTENDER QUE BOSTA MERDA CARALHO EU DEVO FAZER, E NÃO CONSIGO ENCONTRAR A CARALHA DA SAÍDA, E VEJO QUE EU FICO NESTA MERDA DE DEPENDER DO OUTRO, EU ODEIO DEPENDER DO OUTRO, TRABALHAR COM O OUTRO, FALAR COM O OUTRO, EU ODEIO A BOSTA DA MERDA DO OUTRO, INCLUSIVE AGORA NEM OUTRO PARA TREPAR, QUE SERIA ALGO QUE PODERIA SER MUITO SIMPLES E DAR PRAZER E DAR ALGUM SENTIDO NESTA MERDA, NEM ISSO EU QUERO MAIS, PORQUE ESSES MERDAS COM QUEM EU TRANSO DÁ UM TRABALHO DO CÃO DEPOIS, SEJA PORQUE EU FICO DOENTE, SEJA PORQUE FICA ENCHENDO O SACO, SEJA PORQUE SOME QUANDO QUERO QUE FIQUE, QUE FICA QUANDO EU QUERO QUE SUMA, É TUDO UM INFERNO DO CARALHO. AMIZADE É UMA BOSTA TAMBÉM, UM BANDO DE GENTE PERDIDA, NÃO DÁ PRA TRABALHAR COM AMIGO, PORQUE EU, NA MINHA BOSTA QUE EU NÃO ESTOU MAIS A FIM, FICO QUERENDO SER AMIGA E DEIXO DE SER DIRETA, E SE VOCÊ É DIRETA O AMIGO FICA OFENDIDO, E AÍ NÃO TEM MAIS BRINCADEIRA, PORQUE VOCÊ É OBRIGADA A SER EDUCADA, EDUCADA E POLIDA, COM MÃE, PAI, QUE INCLUSIVE JÁ MORREU E EU FICO AQUI QUERENDO SER POLIDA COM MEU PAI, QUE ANTES QUE EU ME ESQUEÇA VAI TOMAR NO CU, PAI, EU NUNCA TE DISSE ISSO, VAI PRA PUTA QUE PARIU, EU TAMBÉM ODEIO VOCÊ, E AGORA MESMO, DEPOIS DE TUUUUUUUUUUDO TUUUUUUUUUUDO QUE EU VI DE VOCÊ EU QUERO QUE VOCÊ VÁ PRA PUTA QUE TE PARIU E SIGA SUA

VIDA PÓS-MORTE NA PUTA QUE TE PARIU TAMBÉM, E VAI TODO MUNDO TOMAR NO CU, QUE ESSA CARALHA DE FIM DO MUNDO TÁ DEMORANDO DEMAIS PRO MEU GOSTO, QUE VÁ TODO MUNDO, SEM EXCEÇÃO, INCLUSIVE VOCÊ MÁRIO PRA QUEM EU, COMO UMA IDIOTA ROMÂNTICA DO CARALHO NESSE INFERNO CARENTE QUE HABITA EM MIM, DISSE QUE TE AMAVA, E AGORA EU TE DIGO QUE TE ODEIO PRA CARALHO, EU TENHO ÓDIO DE VOCÊ, EU ODEIO VOCÊ, VAI TAMBÉM VOCÊ PRA PUTA QUE PARIU, QUE SE É PRA ACABAR ESSA MERDA DO CARALHO QUE ACABE COM TODO MUNDO, INCLUSIVE EU.

Minha mãe criança
Quis brincar lá fora
Era loira e tinha sardas
Pele clara, pernas finas
Usava um vestido lindo, da cor do céu do mar e das flores
Seu pai meu avô adorava flores
E lhe puxou os cabelos finos e macios e cheirosos
E ela chorou arrastada pra casa

Minha mãe criança não tem foto
Só tiravam fotos do último filho, o homem
Minha mãe criança não tem memória
algo a que se apegar ou lembrar
Por isso ela é criança hoje velha
E eu nunca a perdoei por ser como é
Uma mãe criança

Minha mãe adulta usa maquiagem
Faz ginástica ao som de música pop
Dirige, como poucas mulheres sabem dirigir
Respira como poucas mulheres respiram
Sabe quem é e não tem medo de ser assim
Sorri
É brava
Usa saltos altos e coloridos, macacões roxos e brancos, e verdes,
CORES VIVAS
Minha mãe adulta tem um homem que é só dela, e de mais
ninguém
Minha minha minha
Mãe já não é mais minha
E eu nunca vou esquecer de seu cheiro nas minhas mãos

Cheiro de cebola
Cheiro de flores mortas

Minha mãe velha parece menina
Nunca perdoou seu pai pelo puxão de cabelo naquele dia que já morreu
Assim ela o ama, não esquecendo

EU ENCONTREI A TERAPEUTA PERFEITA, A QUE SABE BATER COMO MINHA MÃE.
A MÃO PESADA DE UMA PUTA INVEJOSA DO INFERNO.
SUA MÃO PESADA DO INFERNO
ME FEZ VER A MÃO PESADA DO INFERNO DA MINHA MÃE.

Sentada no banco do órgão que tínhamos em nossa casa, meu pai toca violão. Ele envolve o instrumento com doçura e firmeza, e enquanto canta fecha os olhos, e sua voz ganha um toque agudo, plangente, junto com um sorriso de prazer. Me sinto pequena, e o vejo grande. Sinto vergonha por poder vê-lo assim, tão exposto, e me pergunto em segredo se ele realmente sabe a letra da música que está cantando. E sigo escutando, e vejo seus dedos buscando os acordes, apertando as cordas do violão, e torço para que nada mais aconteça nos próximos minutos, que minha mãe não nos chame para o almoço, que o trabalho não o leve para longe, que os amigos não o chamem para falar de carros. Faço um desejo de menina, de poder ficar diante dele, cantando essa música que pede para que se chore para que não se chore mais. Woman no CRY.

Lançamento! Barbie Bipolar.

Ela é linda, mas isso não é tão óbvio. A beleza que vem com ela está nos olhos de quem a vê. Quem não tem tais olhos simplesmente vai achar ela feia.

É bivolt, bissexual, binária e não binária, o que devolve binarismo até ao não binarismo, é de esquerda e de direita, ela ama e odeia, ela mata e morre, ela dança e medita, ela é superdotada e burra como uma porta, ela é perdulária e mão de vaca, ela é linda e hedionda.

Vem com olhos profundos, que vão fundo no que vê, mas não no próprio fundo. Ela representa grande parte da alegria existente no mundo. Ela é fã de Caetano, isso nunca muda. O resto do que gosta muda; ela muda e gosta disso. Ela gosta do que gosta, e é guiada por isso. O que traz alguns problemas em seu funcionamento, mas ela gosta de problemas, então tá tudo certo. Ela vive acompanhada, não pode estar sozinha. Traz dentro de si o mundo, sendo apenas uma boneca de plástico, oca, vazia. Por ser de material frágil e carregar tudo dentro de si, não me perguntem como, ela precisa de constante proteção e cuidado. Por isso, nunca nunca nunca pode andar só. A tensão que traz em sua superfície pode ser inclusive perigosa. Parece uma boneca inofensiva, mas foi feita com uma tecnologia inovadora e em experimentação ainda. Cientistas levaram milhões de anos para desenvolvê-la. A última equipe da fábrica trabalhou à exaustão para seu lançamento. Por isso, o cuidado.

Maaaaaassssss é também a melhor boneca que vocês vão encontrar no mercado. Divertida, culta, discreta, toca música, dança, escreve, pode ser usada como vibrador também, basta querer, sequer vem com botões. Por ter vivido muito mas muito tempo sozinha, desenvolveu uma sensibilidade especial. Se você se sentir só, ela vai fazer você se sentir acompanhado. Por quem? Não damos spoiler.

Seu uso é intuitivo, o que dispensa manuais. Você aprende a brincar com ela brincando, e a confeccionamos para que as possibilidades fossem infinitas.

Pequena, fácil de levar, leve. Não vem em caixa. Precisa dormir em paz e em conforto. De preferência, acompanhada. De preferência, com quem ela quer. Não é assim, comprou levou ganhou. Seu uso é intuitivo, e você vai precisar conquistá-la, aos poucos. É exigente, como quem a adquire vai perceber. Não admite que sua qualidade seja menosprezada, tampouco ignorada. Quando isso acontece, um modo de desrespeito ao que ela é, é ativado, e ela se destrói em segundos. Puf! Quantos segundos, não podemos informar. Como dissemos, é um modelo em lançamento, novo, e não funciona sozinho. Descubra-me ou te devoro, é o desafio da boneca.

Quando bato em mim mesma para me diminuir, que eu não faça mais isso.
E quando me dou conta de que sou gente, mesmo, que isso não me machuque.
Estou cansada de me bater com martelo, para que minha carne fique macia e palatável.
Quero lamber minha própria carne, sentir o gosto de ferro do meu sangue, me secar, me molhar.
Quero aproveitar a sensibilidade para sentir prazer. Conforto. Carinho. Delicadeza.
Quero ser dura e sentir tesão.
Quero ser puta e sentir prazer.
Quero sentir minha raiva pulsar e fazer justiça. Arrancar os olhos de quem ousar me machucar.
Quero ser quem eu sou, a adorável personagem que veio pra cá viver, porque sim. Enquanto fizer sentido.

Aniversário de Claudio Naranjo. Fico sabendo que haverá encontro no instituto. Escolho não ir. Pensar nele, na escola, no instituto, em Mário foi o que mais fiz nestes últimos meses, e gostaria de não o fazer mais. Acordo animada, de bem com a vida, diferente do dia anterior, em que fiquei na cama, passando mal, evitando gente. Chamo uma amiga para ir ao cinema, e é divertido. Quase não me lembro dele, funciona. Chego em casa, e me sinto vazia. De Maria, de Claudio. De meu filho. É como perder pessoas que mais me importam, e, se tudo bem sentir isso com meu filho, não faz o menor sentido sentir isso com Claudio, com Maria, com Mário, a quem aliás chamei de meu amor na manhã passada. É como perder meu coração, e não quero mais viver esta loucura, de amar e seguir não sendo ninguém para eles, ou, como diria Maria, ser como outra qualquer. Não me importo em ser outra qualquer, o que não aceito é que vocês não sejam outros quaisquer para mim. Não aceito querer escutar Claudio como se ele fosse especial, e eu não. E muito menos aceito ter essa relação com Maria e Mário. De modo que o aniversário de Claudio passa, e até que não foi tão ruim a tentativa de ignorá-lo, não fosse o trabalho que me deu desde a hora em que acordei; montar uma estratégia para esquecer é lembrar. Já me apaixonei por escolas, pessoas, desconhecidos, mas nunca senti o que sinto agora, desconhecidos tomando o espaço de família ou amigos íntimos. Não sei nada deles, e eles tampouco de mim. E acho isso uma merda doentia. Tudo o que agradeci nestes últimos anos, o que disse deles, tudo uma merda mentirosa do inferno. Seria lindo dizer simplesmente que não sinto nada, mas realmente o que sinto agora não me parece nada. E sim que vou ter uma noite de bosta, como quem perdeu a festa (que porra de festa?) de aniversário de Claudio, um convite de bosta para geral no Facebook. Como eu gostaria de nunca mais precisar olhar para Claudio, sua escola, Mário e Maria. E para isso deixar amigos e quem mais. É isso que encontramos quando chegamos no fundo? Um coração de fato vazio? Um desprezo que disfarço para que não me julguem, ainda que a principal vantagem desse estado é cagar para o julgamento alheio, ainda de quem parecia tão importante para mim. Me sinto sozinha como uma ilha vazia. E não adianta mais fingir que quero companhia, se de fato não quero. Se volto pra casa, é para cuidar de minha cachorra. E se chamei uma amiga, foi porque queria um ouvido para me escutar, ou melhor, para me escutar. E se não fui ao aniversário no instituto, é porque não senti a menor vontade de ver Maria e companhia, e repetir pela milésima vez o que fiz nestes últimos anos, fingir que estou satisfeita quando não estou. E o que me deixaria satisfeita? O amor de Maria? Seu respeito? Sua validação? Meu nome no testamento de Claudio? Mário me ligando para perguntar se podemos nos ver, porque afinal ele se descobriu apaixonado por mim também, um amor correspondido? Respondo sim a todos os desejos elencados, e ainda assim não confio que isso me deixaria satisfeita agora. Talvez ter minha vida nas minhas mãos, me sentir satisfeita comigo mesma e só, mais nada, talvez, mas este lugar tão bonito, o tal do amor-próprio, da chave dentro de si, do niño Deus, da criança nos meus braços, mas esse papo para mim é balela. Sábado vi minha menina morta, irremediavelmente, e o que senti foi impotência, e o que não consigo descrever aqui. E querer que eu acredite que este é um engano meu e só meu, de achar morte onde deveria ver Deus, me faz querer tirar de dentro de mim tudo o que vocês me disseram, e eu acreditei, nos últimos dez anos. Uma bela mudança, da qual não pretendo abrir mão. Que vocês morram para mim é meu maior desejo. Eu não morro mais para conseguir ver o que só vocês enxergam. A mim só interessa ela, que morreu. Vocês hão de ser nada para mim, assim espero. Não que eu duvide de vocês, não se trata disso. Mas é comigo que eu vou ficar.

A Laura, o pássaro mais belo que meus olhos puderam ver.
Meus olhos se encantaram quando te encontraram.
Você, com sua unicidade, autenticidade, coragem, beleza, alegria, generosidade, me encantou.
Seu jeito de ser, único, e só seu, me encantou.
Eu te amei como eu pude. Do jeito possível. Nesta vida encarnada.
Você merece meu amor, minha honra, meus beijos, meu carinho, meu abraço.
O pássaro mais lindo que meus olhos tiveram a honra de acompanhar.
Eu amo você, cisne negro.
Eu amo você, cisne negro.
Eu amo você, cisne negro.

Você me deu ritmo.
Você me deu alegria.
Você trouxe alegria ao meu mundo.
Você me trouxe bom humor.
Você me trouxe cuidado.
Você me trouxe inteligência.
Você me trouxe timidez.
Você me trouxe desconcerto.
Você me desconcertou.
Você me trouxe imprevisibilidade.
Você me trouxe amor às coisas como são.
Você me trouxe amor ao sacrifício.
Você me trouxe amor ao que é maior e misterioso.
Você me trouxe lágrimas, um rio de lágrimas que invadiu a minha vida e me fez sair do lugar.
Você é mutante.
Você me trouxe delicadeza.

Você me trouxe sutileza.
Você me trouxe arrebatamento.
Você me trouxe entrega.
Você me trouxe senso de dignidade.
Você me trouxe ingenuidade.
Você me trouxe uma criança bela e feroz, linda e destemida, impávida e medrosa, você me trouxe alegria de viver.
Você me fez acreditar na vida.
Você me fez sorrir.
Você me fez sentir raiva.
Você me trouxe confusão.
Você me trouxe a coragem de duvidar.
Você me trouxe lealdade. Você me mostrou como ser leal a si mesma, em primeiro lugar.
Você me trouxe um mundo novo, bonito, mágico, real, fantástico, triste, medonho.
Você me trouxe abertura ao que vem.
Você me trouxe tanto e me pediu nada.
Você me trouxe despojamento.
Você me trouxe amor, sem querer nomear para não desonrar essa palavra tão desprezada quanto você.
Você trouxe amor ao desprezível.
Você me deu muito, meu amor.
Você me deu muito, de fato.
Eu te amo, meu cisne negro.
Eu te amo e eu te vejo.
Você me trouxe um amor ao nada, um desejo de estar solta e ser nada.
Você é impagável.
Você não pode ser descrita por palavras.
Você não pode sequer ser tocada, em sua magnitude e beleza sem fim.

Você sabe, meu amor.
Eu também.
E, sendo única, é mais uma entre todos os outros pássaros que habitam o céu e a terra.

Eu sei que só pude me ver tomando emprestados seus olhos, você.
Eles agora são meus.
É a alegria mais triste que eu já vivi.
E o presente mais belo que eu já recebi.
Eles agora são meus.
Você mereceu seu lugar aqui, em mim.
Eu sei.

Meu filho vem almoçar comigo. Vamos no Conceição Discos, e a comida é prazer. A música, Rita Lee. O atendimento, mãe. Mãe jovem, mãe boa, mãe sem filhos. Meu filho me fala que viu um vídeo da cozinheira, segundos com a panela na mão, e teve certeza de que a comida era boa, e que ela era foda.
De fato: a mulher é foda, a comida é mais que boa, o som é delicioso, o atendimento, só mulheres. O ambiente. Tudo é ela, elas.
Digo à chef ao final:
— Você é a chef? Prazer.
Seus olhos se enchem de água e sua boca abre o sorriso que me faz sorrir também.
— Foi meu filho quem me trouxe aqui.
Ela olha para ele em silêncio e me diz:
— É seu filho?
— Sim.
Silêncio.
— Que momento bonito este que você está vivendo.
— Sim, você também.
Eu me emociono, ela também. Nos encontramos. Duas mães.
Vamos embora, meu filho fala sorrindo: eita, vocês duas, ela é doidinha, igual você.
Em casa, pergunto se ele quer um cinto de couro que eu não uso. E digo que cinto de couro era pra apanhar quando eu era criança.
Ele me pergunta:
— Você lembra quando você quis me bater com uma sandália de salto?
Eita... Eu bati no meu filho criança, mas com sandália de salto...
— Você pegou a sandália, eu botei a mão na frente, cê é loco, era mais alto que você, e falei: nem fudendo que você vai me bater com esse salto. Pega uma havaiana aí que tá tudo certo, mas com esse salto não.

Eu lembro da cena e começo a rir.
— É o que você fez, começou a rir, falava deixa eu bater em você, eu falava não, nem fudendo, você é louca, olha o que você está falando! E você ria. Pensei: mas essa mulher é doida mesmo...
E rio.
— Final de semana era osso em casa. Eu querendo brincar, você querendo dormir. Era osso.
Sua vez de chorar, filho, se quiser. Eu rio.
Nós rimos.

Termo de autorização

Assisto *Tár*. A música da ayahuasca logo no começo do filme. A música clássica que me arrebata. A maestro.

Assisto o filme e não consigo dormir. E, ainda assim, durmo.

Troco meus lençóis para branco.

Acordo e me lembro dele, o homem que quero aqui, do desejo de ser amada, e da certeza de que isso é impossível.

A certeza de que nunca serei amada pelo homem que desejo.

Sinto a dor, digo a mim mesma que ela é minha, não dele. E que posso me levantar com ela.

A certeza de que nunca serei amada. Comigo, há tanto tempo.

Por quê?

Se eu me vejo, se eu me amo, se eu sei de mim mesma, como pode?

A música que não sai da minha cabeça, Bloco do prazer.

Mamãe, mamãe, eu quero sim, quero ser mandarim, cheirando gasolina.

Ponho a música. Sinto cada palavra. Eu quero, sim.

Pra libertar meu coração. Eu quero muito mais.

O bloco do prazer que a multidão comenta. Enlouqueço.

Vou fumar e me vejo, pequena, diante da minha mãe. Ela se ajoelha diante de mim, e chora.

Ela chora. Eu choro. Ela me diz que eu sou ruim, porque eu não choro. Eu acredito.

E me lembro de todos os homens e mulheres que se ajoelharam e choraram diante de mim.

Me perdoa, escuto. Se perdoa, meu amor, é hora.

Eu peço ajuda. Eu me perdoo, e peço ajuda pra me perdoar.

Você é ruim.

Eu perdoo a menina. Ela acreditou. E eu a acompanhei nestes anos todos.
Meu amor, me perdoa, se perdoa, meu amor, perdão. Me perdoa, meu amor. Eu, mulher, te peço perdão, meu amor. Me perdoa. Vem pra mim, meu amor, me deixa pegar na sua mão e te dizer que você não é ruim e ponto. Você é ruim e é minha. Você pode ser ruim, minha menina. Você é ruim ruim ruim. E minha minha minha. Você é minha. Eu amo você. Me perdoa, minha amor. Boa boa boa, pequena. Boa boa boa. Como uma jiboia, uma serpente, que engole um boi boi boi. Quem tem medo de uma jiboia boa boa boa?
Tár enlouquece quando se vê ruim. Outra mulher se ajoelhou, para sempre, diante dela. Eu vejo o filme e não consigo ver o mal que todos comentam, dentro e fora dele.
Eu vejo talento. Eu vejo desejo. Eu vejo uma mulher. Que não se arrepende, e se isola. Eu vejo brilho na escuridão. Eu me recuso a concordar com todos os críticos que leio, eu não entendi o filme?
A multidão condena a mulher, no filme e fora dele. Eu a perdoo. Rio comigo. Meu perdão se instala com o prazer. E me engole como uma cobra gigante, e menina entro dentro dela, e as cores de sua pele dura e fria se misturam com as cores da natureza. Menina entro na cobra gigante, deslizo pelos líquidos e cores que a compõem, tento me segurar em suas vísceras, e escorrego, boa boa boa.
A minha boca sorri trezentos mil dentes, e se arreganha, matando as palavras proibidas. Meus pés pequenos tocam a cobra por dentro, a cobra sorri e fuma, põe sua língua pra fora para cheirar o que tem lá fora, para me proteger. De dentro da cobra me formo, minha pele, que eu também troco, como uma jiboia. Ela serpenteia, e tem modo mais bonito de se mover? Ela serpenteia pelo chão, não rasteja: desliza e dança. Se ela

abre sua boca, suas presas aparecem, e ela não tem vergonha de ser tão bonita, serpente. De sua boca sai um som que sibila, ele sai do seu rabo que chacoalha fino e atravessa seu corpo todo, que dá voltas, até sair e se criar no contato com o ar, o que está fora. Um som que me dá prazer. Eu dentro dela brinco, rio, escorrego, descanso. Eu sou dela, ela é minha. Ela me sorri sendo ela. Eu sorrio e descanso, e morro, desapareço, para ser dela para sempre. Nessa hora, ela chora. Ficaria comigo menina para sempre sempre sempre. Eu respondo a ela: eu sei sei sei. O que sentimos, não dizemos. Para dizer o que sentimos não inventaram palavra. Criaram-se cantaram-se tocaram-se escreveram-se música. Não se toca o que sentimos por nós. O sentido não se prende nos limites da palavra.

Acordo em minha cama metamorfoseada numa mulher. Uma vida inteira sendo chamada de homem sendo mulher e agora eu sou uma mulher. Uma barata. Tenho que me esconder no escuro, sair quando a luz acende para que alguém grite ahhhhhhh, que bicho asqueroso, para voltar para embaixo da cama, atordoada pela reação violenta do outro, eu só saí pra caçar comida, pra subir pelas paredes, para que minhas anteninhas tão sensíveis possam cheirar o que vai deixar minha barriguinha cheia, para que meus filhinhos, milhões deles, recebam proteína, para que eles vivam e talvez eu morra, para que eu os coma para que eu viva, enfim, para ser quem eu sou apenas. E de novo os gritos e os chinelos e os maridos namorados filhos chamados para minha execução, e eu sou boa em me esconder, milhares de parentes minhas morreram para que vocês não pudessem me alcançar assim, tão facilmente, e são tantas as minhas perninhas peludinhas, que vocês não têm a menor chance, e eu vou me esconder e vocês não vão me ver.

Sou analista, e me apaixonei por minha paciente. Como me apaixonei por Freud, por Claudio, por Lacan, por Jung, por todos esses homens cheios de palavras que entraram em meus ouvidos e mexeram com minhas células e mataram papai e mamãe e o filhinho, e agora me torno um filho de rato que nasce pelado no meio do mato e posso gozar com mamãe, que me dizia quando criança que isso é ser coitado.

E agora quero sair desse enrosco.

A paciente é uma cobra, que lambe minha pele, que se contorce para me encantar. Ela é também a flauta. Ela é também um falo. Falo falo falo falo falo. Uma vida inteira perseguindo um falo para cair na barriga de uma cobra peçonhenta, venenosa, sinuosa. E eu sei que ela é gostosa.

Ela tem quarenta e nove anos, assim como eu. As coincidências me fazem me apaixonar por ela. O que Jung chama de sincronicidade. O que é a foda senão uma senhora sincronicidade?

Ela veio até mim fantasiada de dor, desespero, angústia. Eu bati o olho e vi que ali teríamos material de trabalho, ela estava a fim de descer montanha abaixo para se descobrir para mim, por cinquenta minutos, no meu consultório alugado na Angélica. Bonita, a filha da puta. A inveja se senta ao meu lado para me dizer relaxa, ela não sabe de nada e está mais perdida que cego em tiroteio. Outra sem-noção que precisa dos seus olhos emprestados para poder se ver no mundo e tomar pernas emprestadas para voltar a caminhar.
O que então meus olhos veem nela que me fazem ficar excitada? E por que quero dançar com ela em vez de escutá-la? O que essa filha da puta sabe que eu não sei?
Ela dança. Estamos em um retiro agora, ela saiu do consultório para se trabalhar em grupo. No grupo, mal abre a boca. Mas presta atenção em tudo, quer comer tudo, a voracidade que ainda está lá num corpo que desiste, numa vida que se desiste, e a voracidade toma conta dela como se agora ela fosse apenas uma enorme boca, desejosa de consumir tudo que passe pela sua frente. E eu quero beijar a sua boca, enfiar minha língua em sua boca, descer até o meio de suas pernas e enfiar minha língua nela, fazer aquele corpo tremer, perder, desistir. Lutar com ela até o fim, ganhar, fincar minha bandeira roubada dela mesma, tomar seu território, seu dinheiro, fazer tudo que é dela ser meu. Eu quero foder com essa mulher. Eu não estou aqui para cuidar? Cuidar de você, minha querida, é te foder.
Ela me liga depois da sessão. Toda vez que uma paciente faz isso, meu coração vem pra boca. Essas invasoras sem limites. Quer mais. Eu mando uma figurinha, falo pouco porque não tenho o que dizer quando sou atacada assim pela paciente. Seu nome é paciente, aguenta aí, filha. Sustenta. Faz sua parte. Por mim, não por você. Tenha paciência comigo, eu te quero muito para sequer poder responder a sua pergunta cínica plantada para

ter meu contato. Meu contato contigo já foi, acabou de acabar, não me queira mais, não mexa com meu desejo, eu também sou gente. Eu também tenho libido, essa energia que quanto mais sutil mais poder tem porque ela se movimenta no escuro, na escuridão, naquilo que não tocamos nem vemos, naquilo que foi feito para ser assim, e nós duas juntas nos desafiamos aqui a trazer o que foi feito para o escuro vir à luz, o que Jung chamava de função transcendente. Nós trepamos, querida, mas seu horário acabou, o dinheiro está na minha conta, a luz entrou no seu escuro, tá tudo certo, sustenta a angústia de querer mais um pouco, fica aí um pouquinho quietinha que eu espero até a próxima semana, eu tenho outro paciente na fila, com quem eu vou foder um pouquinho com sorte, mas não como é com você, porque você serpenteia aqui dentro, você faz meu pau ficar duro, e quero muito gozar dentro de você de novo porque você está viscosa, porque sua respiração está como a respiração de um morto, porque morta assim você me mata também e eu quero, eu quero, te quero, minha querida.

Para minha mãe.

Nota técnica

Meus erros, publicados aqui, são de minha responsabilidade. Com prazer.
No intuito de me proteger, e de proteger o outro:
Nomes foram trocados. Relações foram inventadas. Guerras, criadas. Amantes se mataram. Carrascos inocentes foram acusados. Crianças, assassinadas. Mulheres, traídas. Homens, desejados. Flores foram pisadas e pássaros perderam suas asas. Cenas da minha memória foram editadas, expandidas, cortadas, inventadas.
Este é um livro de ficção. Tudo saiu do caldo orgânico vivo e pulsante que é o inconsciente, o meu, o nosso, e das minhas memórias. E esse tudo sem-fim se mistura às minhas mentiras, que se tornam sagradas para mim no momento em que as coloco em ação, para simplesmente contar uma história, na busca da verdade.

Alguns nomes e obras citados no livro são de artistas, e eu os credito aqui:

Claudio Naranjo
Mario Massao Oshima
Fernando Pessoa
Cacilda Fioravante da Silva
Maria Lúcia Dias
Fátima Caldas
Pedro Ramos
Maurice Ravel
Marceline
Katsushika Hokusai
Luciene Borges
Gislaine Jantchc
André Oshima Botelho
Darcio Schunck Botelho
Carlinhos Brown
Daniela Mercury
Tom Zé
Ferdinand de Saussure
Whitney Houston
Sebastián Andres
Oliver Shanti
Sylvia Fekete Oshima
Mariana Fekete Oshima
Elza Oshima
Agnaldo de Jesus
Moby
Irmãos Grimm
Céu
Måneskin

Daiara Tukano
Cindy Lauper
Harumi Murakami
Laura Branigan
Mael
Baiano
Elaine Michella Oshima
Michel Anderson Oshima
Antoine de Saint-Exupéry
Charles Chaplin
Tom Jobim
Stephen Frears
Milarepa
Mario de Andrade
Sandra de Sá
José Antonio Pasta Jr.
Wim Wenders
Mikey Madison
Gilberto Gil
Caetano Veloso
Cate Blanchett
Marcos Eduardo Dias
Lennon e McCartney

I love you, I love you, I love you
That's all I want to say